KB114604

이모탈 퓨전 판타지 소설
FUSION FANTASTIC STORY

워리어

Warrior

워리어 1□

이모탈 퓨전 판타지 소설

초판 1쇄 찍은 날 § 2015년 6월 23일
초판 1쇄 펴낸 날 § 2015년 6월 30일

지은이 § 이모탈
펴낸이 § 서경석

편집책임 § 김현미

펴낸곳 § 도서출판 청어람
등록번호 § 제387-1999-000006호
등록일자 § 1999. 5. 31
어람번호 § 제1-2159호

주소 § 경기도 부천시 원미구 부일로 483번길 40 서경B/D 3F (우) 420-822
전화 § 032-656-4452 팩스 § 032-656-4453
http://www.chungeoram.net
E-mail § chungeorambook@daum.net

ISBN 979-11-04-90290-1 04810
ISBN 979-11-316-9239-4 (세트)

이모탈 퓨전 판타지 소설

FUSION FANTASTIC STORY

10

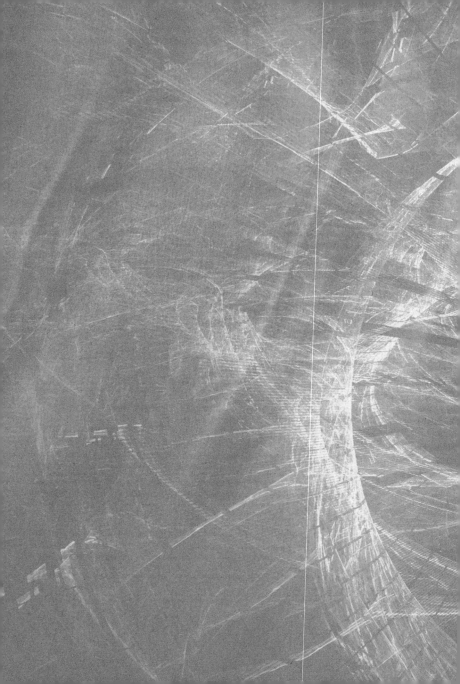

Warrior
워리어

CONTENTS

제1장

재회 I

Warrior

"이건 뭔가?"

"예?"

카이론의 질문에 청야 전술을 실시하기 위해 해당 지역에 나와 있던 귀족이 반문했다. 여느 귀족이나 왕족이라면 절대 있을 수 없는 행동이었다. 하나 카이론은 그러한 것에 무감각했다.

"지금 하고 있는 것이 뭐냐고 물었네."

"그야 청야 전술을 위해……."

"청야 전술이라."

귀족의 말에 카이론은 청야 전술을 펼치기 위해 이리저리 분주하게 움직이고 있는 기사들과 병사들을 바라보며 턱을 만지작거렸다.

"묻겠네. 청야 전술이 뭐라고 생각하는가?"

"그야 전장에 적이 사용할 만한 모든 군수물자와 식량 등을 없애 적군을 지치게 만드는 전술입니다."

카이론의 질문에 귀족은 자신이 생각하고 있는 청야 전술의 원론적인 답을 내놓았다.

"그래. 그렇지. 하면, 저기 남아 있는 나무는 무엇인가?"

"저 나무는 포틀란으로서 이 지역에 자생하는 과실수입니다."

"적이 이곳에 도달한다면 저 포틀란의 과실은 식량을 제공하고 나무를 잘라 무언가를 만든다면 군수물자의 재료가 될 수 있겠군."

"하나 포틀란은 그리 단단하지 않고, 지금 이 시기의 포틀란 과실은 아직 익지 않아 쓰고 텁텁합니다. 아는 사람이라면 절대 포틀란 과실이나 나무를 사용하지 않을 것입니다."

"만약 뭐라도 먹지 않으면 안 될 만큼 급박한 상황이라면?"

"그건……."

카이론은 자신의 물음에 정석적으로 대답한 귀족을 바라봤다. 그러다 고개를 들어 몇몇 군데를 바라보고 손가락으로 짚어내며 다시 입을 열었다.

"저기 저 나무를 뿌리째 뽑아. 저기 만들어진 우물은 흙으로 묻어버리거나 독을 타. 그리고 저기 세워진 모든 가옥은 불태우고 무너뜨려."

"그렇게 하면……."

"적에게 풀 한 포기, 털 한 올이라도 넘겨주지 않는 것이 바로 청야 전술이다."

"아무리 승리를 위한 전쟁이라고는 하지만 꼭 그렇게까지 해야 할 필요가 있습니까? 국왕 전하께옵서 하명하신 대로라면 이곳은 말 그대로 황무지가 될 것입니다."

그에 일일이 손가락으로 가리키며 설명을 하던 카이론이 고개를 돌려 귀족을 바라보았다. 귀족의 얼굴은 결코 주눅 든 얼굴이 아니었다.

"귀관에게 묻겠다."

"답하겠습니다."

"전쟁이 장난인가?"

"예?"

"전쟁이 장난이냐고 물었다."

"그야… 아닙니다!"

"그래. 장난이 아니지. 현실이고 말이지. 여기가 무너지면 남부는, 아니, 이 카테인 왕국은 어떻게 될 것 같은가? 그것을 한 번이라도 생각해 본 적 있나?"

"그건……."

이번에는 섣불리 답을 하지 못하는 귀족. 그런 그를 바라보지도 않고 카이론이 다시 입을 열었다.

어느새 그 둘의 주변에는 몇몇의 기사와 귀족들이 다가와 둘의 대화를 듣고 있었다.

"그리고 또 하나."

그러면서 카이론은 지금 짐을 바리바리 꾸려 피난을 가고 있는 주민들을 바라봤다. 그는 잠시 동안 말이 없었다.

"귀작이 불만을 가지는 것은 저들을 걱정해서인가 아니면 귀작이 생각하는 청야 전술과 과인이 내리는 명령이 맞지 않아서인가?"

카이론의 물음에 귀족은 결코 답을 할 수 없었다. 자신은 저기 바리바리 짐을 싸 들고 후방으로 피난을 가는 백성들을 가엾게 여겨서 한 말이 아니었으니까 말이다. 여기 있는 그 누구도 그들을 가엾다고 생각하지 않았다.

국왕이 명령을 내렸고, 자신들은 행했으니 그것은 당연한 것이었다. 당연한 것을 불쌍하게 여기는 법은 없으니까 말이다. 여기서 카이론은 아직도 귀족들의 생각은 변하지 않았다는 것을 알 수 있었다.

현실을 인정하면서도 현실을 외면하고 있는 것과 다르지

않았다. 카이론의 물음에 귀족들과 기사들의 얼굴은 딱딱하게 굳어졌다. 자신들은 명령을 따랐다. 명령에는 연민이라는 것이 존재하지 않는다.

한데, 명령을 내린 자가 연민을 입에 담고 있었으니 절로 눈살이 찌푸려질 수밖에 없었다. 그리고 또 하나 자신들의 생각을 정곡으로 찌르고 들어오는 카이론의 말이 마음에 들지 않은 탓도 있었다.

카이론은 귀족의 말을 들으려 하지 않았다. 그가 자신 앞에서 할 수 있는 말은 한정되어 있기 때문이었다. 그들이 자신에게 고개를 숙이고 있는 것은 모든 권력이 자신에게로 집중되어 있기 때문이었다.

물론, 진정으로 카이론을 주군으로, 카테인 왕국의 국왕으로 대하는 이들도 있다. 하지만 그것이 과연 저 하급 귀족이나 기사들에게까지 적용되라는 법은 없었다.

오늘도 마찬가지다. 원래 카이론은 이곳에 있어야 할 사람이 아니었다.

어느 왕국의 국왕이 말단 하급 부대의 작전에 직접 참여한단 말인가? 거기에 호위대 몇 명만 대동한 채 말이다. 잠깐의 휴전이라고는 하지만 여전히 내전을 치르고 있지 않은가 말이다.

'도대체 정신이 있는 것인가 없는가? 일국의 국왕이 어찌 이런 하급 부대에 직접 행차할 수 있단 말인가?

분명 몇몇의 귀족들은 그것을 들어 불만 가득한 얼굴을 할 수밖에 없었다. 카이론의 행동은 마치 자신들이 수행하고 있는 작전이 제대로 수행되고 있는지 감시하려고 하는 것과 다르지 않았음이니 말이다.

물론, 카이론은 그런 일부 귀족들과 기사들의 생각을 모르지 않았다. 때문에 카이론은 직접 움직일 수밖에 없었다.

카이론은 잠시 이곳에 오기 전 상황을 떠올렸다.

"꼭 직접 움직이셔야 하겠습니까?"

"내가 묶은 매듭은 내가 풀어야 하는 것이 정상이지. 누가 대신해 줄 수 있는 문제가 아니다."

라마나가 카이론에게 물었다. 철두철미하게 솔선수범하는 카이론이었다. 처음엔 그런 그의 행동에 적응을 하지 못한 이들이 다수였으나 결국 그의 행동이 가식이 아닌 진심임을 깨닫고 그를 인정하게 되었다.

하지만 그것은 시간이 걸렸다. 당연히 그런 그의 행동에 반대급부도 상당히 작용했다. 과거에는 어떠할지 모르나 지금은 명실공히 일국의 국왕이었다. 그러함에도 카이론은 전혀 자신의 행동을 바꾸려고 생각하지 않고 있었다.

"하나 이제는 일국의 국왕이십니다."

"국왕이 뭐 별건가?"

"예?"

"국왕이란 한 왕국의 백성을 대신해서 왕국을 다스리는 역할을 하는 것이 국왕이라고 본다. 모든 백성 위에 군림하는 것이 아닌 백성들을 대표하는 자리라고 생각한다. 아닌가?"

"그, 그건……."

말을 더듬는 라마나였다. 설마 이런 말을 들을 줄은 몰랐다. 군림의 권좌가 아닌 백성들을 대표하는 권좌라니. 도대체 이게 무슨 말이란 말인가? 여타 귀족들과 다르게 상당히 급진적인 라마나마저도 당황하게 할 정도의 대단히 파격적인 발언이었다.

"나를 보아서 알 것이야. 나는 기본적으로 귀족들의 노블레스 오블리주는 인정하나 귀족들의 아집이나 그들이 지키려고 하는 명성, 명예 따위는 결코 인정하지 않음을 말이야."

"그렇습니다."

"왜 그렇다고 생각하나?"

"고인 물은 썩을 수밖에 없기 때문입니다."

"그래. 물은 흘러야 하지. 귀족들은 너무 오랫동안 한곳에 안주하고 있었어. 그런 그들을 깨울 방법은 그들이 생각지도 못한 방법일 수밖에 없다는 말이지. 하지만 이런 내 생각이 내 후대에까지 이어질 수는 없겠지."

"그야……."

물론이었다. 당대에 귀족들은 배를 땅에 바짝 대고 엎드려 카이론의 명에 따를 것이다. 하나 그 후에는? 그들은 다시 일어설 것이다. 누천년 동안 지속되어 온 신분이라는 벽이 단 몇십 년 만에 허물어질 리가 없기 때문이다.

"달라질 것은 없다. 나는 여전히 카이론 에라크루네스이고, 내 후대는 나의 아들이 잇는 것이 아닌 이 카테인 왕국을 잘 이끌어 갈 수 있는 가장 현명한 자가 오를 것이다."

카이론이 왕좌에 오른 이후 늘상 그의 입에서 떠나지 않는 말이었다. 처음엔 그 말이 귀족들의 마음을 끌어내기 위한 말인 줄 알았다. 하지만 이제는 안다. 그가 했던 말이 결코 허언이 아님을 말이다.

그리고 그러한 카이론을 모두 파악했다고 생각할 때 즈음 카이론은 또 다른 모습을 보여주고 있었다.

물론, 이것 역시 솔선수범이었다. 평생에 단 한 번도 보기 힘든 국왕이라는 사람이 직접 행차하면 백성들은 어떻게 생각할까?

'과연'이라는 말을 내뱉을 수밖에 없었다.

아주 자연스럽게 백성들의 지지를 받을 수 있으리라. 반면에 그러한 카이론의 행동에 불만을 가진 이들도 있었다.

"국왕이 하나부터 열까지 모두 행한다면 도대체 우리의 존재 가치가 어디 있단 말인가?"

"국왕의 권위를 스스로 떨어뜨리고 있다. 어찌 저급하고 무식한 백성들을 직접 대면한단 말인가?"

"국왕이 기사인가? 국왕은 한 왕국의 지존이다. 그러한 사람이 자신의 목숨을 가벼이 여기다니. 말도 안 된다."

"스스로의 지위는 스스로가 책임지는 법이다. 현 카테인 국왕은 스스로의 지위를 버렸다. 때문에 본작은 그를 국왕으로 모실 수 없다."

"그는 미친 자임에 틀림없다. 누백 년을 지탱해 온 이 카테인 왕국의 앞날이 암울할 뿐이다."

개탄하고 손가락질하는 귀족들이 있었지만, 카이론은 그들의 말을 귀담아 듣지 않았다. 절이 싫으면 중이 떠나야 하는 법이다. 그런 이들이 떠나도 상관없었다. 물론, 그들이 떠난 자리에는 상당한 공백이 생길 것이다.

하나 구더기 무서워 장 못 담그란 법은 없었다. 곪았으면, 고름을 짜내고 상처가 더 커지지 않도록 치료를 해서 낫게 해야 한다는 것이 카이론의 지론이었다. 덮는다고 해서 모든 것이 해결되지는 않는다.

물론, 정치적인 관점에서야 적당한 타협과 적당한 조건을 맞춰 행해야 하겠지만 카이론은 전혀 그럴 생각이 없었다.

그는 지금 자신이 처한 상황을 너무나도 잘 알고 있었다.

자신의 무지막지한 힘에 귀족들은 엎드려 숨을 죽이고 있을 뿐이었다.

아마도 자신이 죽고 나면 역사가들은 자신을 유례없는 폭군으로 명명할 것이다. 거기에는 반드시 카테인 왕국이 분열되고, 자신은 전쟁에서 패해야만 한다는 전제조건이 달려 있지만 어쨌든 카테인 왕국을 온전히 이끌고, 전쟁에서 승리한다 해도 귀족들의 의식 자체를 바꾸지 않으면 폭군으로 기록될 가능성이 아주 농후하다는 것을 말이다.

이미 호랑이 등에 올라탄 형국이다. 내려올 수 없었다. 그럴 바에는 후회 없이 밀어붙이는 것이 중요했다.

과거 자신이 살던 대한민국이라는 곳에는 대통령의 임기가 있지만 이곳의 국왕은 권력을 놓지 않는 한 몇백 년을 해도 상관없으니 말이다.

그리고 카이론은 백 년 안에 귀족들의 생각을 바꿀 자신이 있었다. 아니, 고작 30년만 자신이 통치한다고 해도 자신이 걱정하는 일은 일어나지 않을 것이라고 확신했다.

"저는 걱정이 됩니다."

"그러한가?"

라마나의 근심 어린 말에 카이론은 고개를 끄덕였다. 하나 그렇다고 해서 멈출 수는 없었다. 계속 가야만 한다. 자신이 꿈꾸는 왕국을 위해서는 말이다.

"반석을 다져야 하겠지. 절대 무너지지 않을 반석을 말이야. 지금은 다들 나를 비난하겠지. 하나 그들은 곧 알게 될 것이야. 자유의지라는 것이 얼마나 중요한 것인지. 그리고 그 단맛에 빠져든 이들은 다시는 과거로 돌아가고 싶지 않을 것이야."

"그렇기는 합니다만……."

라마나 역시 동의하지 않는 것은 아니었다. 하지만 걱정이 되지 않을 수 없었다. 그때 그의 곁에 있던 키튼이 그의 어깨를 툭툭 치며 입을 열었다.

"아따~ 뭐 그리 사서 고민을 하쇼. 전하께옵서 그렇다면 그런 거지. 가끔 보면 감찰단장께서는 너무 생각이 많은 것 같소. 어려울수록 단순하게 생각해야 하는 것이 맞지 않겠소? 어려운 난제일수록 해답은 의외로 가까운 곳에 있으니 말이오."

이제는 제법 귀족 티가 나는 키튼이었지만, 그 괄괄하고 가벼워 보이는 행동은 여전했다. 하나 그 언행이 가볍다 해서 그가 생각이 없는 사람이라고는 그 누구도 생각하지 않았다. 그러하기에 오히려 가장 경계하는 인물 중에 한 명이 바로 키튼이었다.

어떻게 보면 카이론보다 더 정치적인 인물에 가까운 키튼이었다. 단순한 언행이지만 절대 가볍게 생각할 수 없는 말의 무게와 속내 때문이었다. 하지만 그는 카이론에게 절대적으로 충성하고 있었으며, 이 자리에서 죽으라면 칼을 물고 죽을 수 있는 자였다.

그를 아는 사람이라면 그 누구도 그를 가벼이 여기지 않았다. 카이론이 없다면 그를 대신할 수 있는 사람은 불카투스나 라마나 혹은 아프리카누스가 아닌 키튼, 그였으니 말이다. 이러한 사실은 키튼 본인도 알고 있었다.

"하나……."

라마나가 말을 흐렸다. 키튼의 말에 충분히 공감한다. 하지만 이것은 그렇게 가볍게 생각할 문제가 아니었다.

그때 키튼이 라마나의 귀에 대고 조용히 귓속말을 했다.

"걱정 꽉 붙들어 매쇼. 내가 보기에 저 양반은 한 5백 년은 살 것 같으니."

그에 라마나는 살짝 눈살을 찌푸렸다. 아무리 대단하다고 하지만 일국의 국왕을 저 양반이라고 부르다니.

키튼은 라마나의 변한 표정을 바라보며 싱긋 웃었다.

카이론은 이미 저만큼 걸어가고 있었다.

"저 양반이 우리말을 못 들었을 것이라고 생각하쇼? 천만에. 저 양반 다 듣고 있소. 하지만 그런 거 가지고 뭐라고 할 사람은 아니지. 저 양반에게 중요한 것은 마음에서 우러나온 행동이라는 거요. 백날 겉으로 예를 차려도 소용없소. 그래서 그는 우리를 받아들이고 우리를 그렇게 키워 나가고 있는 거요."

키튼의 말에 라마나는 새삼스럽게 그를 바라봤다. 이것은 자신조차도 생각지 못했던 것이었다. 그런데 키튼은 그것을 파악하고 있었다. 어리숙하게 보이면서도 앞뒤 사정을 모두 꿰고 있었다. 그는 진정으로 카이론이 원하는 사람으로 변모해 있었던 것이다.

'나는 아직도 그를 다 파악치 못하고 있었구나. 세상에 변하지 않는 것은 없는 것을. 어찌 겉모습만 보고 그는 변하지 않고 있다 생각했단 말인가? 어리석고 또 어리석구나.'

라마나는 스스로를 어리석다 자책했다. 그런 라마나를 보며 마치 동네 건달처럼 어깨를 두르며 키튼이 입을 열었다.

"그렇다고 자책하지는 마쇼. 나같이 권력에서 한 걸음 물러난 사람이나 알아볼 수 있으니 말이오. 그리고 날 의심하지는 마쇼. 나도 욕심은 있소. 하나 저 양반이 있는 한 나는 어떤 욕심도 드러내지 않을 것이오. 그는 나의 삶이니 그가 살아감에 나 또한 살아가는 것이니 말이오."

그렇게 말을 하고 히죽 웃으며 자리를 벗어나는 키튼이었다. 실로 그다운 말이라 할 수 있었다.

'반대가 없을 수 없지. 기득권을 버리라 하는데 그 누가 선

뜻 찬성하고 나서겠는가? 하지만 나는 이들이 머지않아 기득권을 버릴 것이라고 확신한다. 이미 이들은 조금씩 변해가고 있으니 말이다.'

짧은 회상을 마친 카이론은 그렇게 확신했다. 그리고 다시 입을 열었다.

"그대들은 누구를 위해 싸우는가?"

뜬금없는 카이론의 질문.

"당연히 국왕 전하를 위해서……."

"정말 그렇다고 생각하나?"

"당연합니다."

"개인의 공명과 가문의 영달을 위해서가 아니라?"

"그, 그것은."

차마 입에 담을 수 없었다. 기사들과 귀족들은 자신들의 가슴 깊숙하게 숨겨놓은 속내를 들킨 듯 연신 헛기침을 해댔다.

"나에게 충성을 다 하라는 말은 하지 않겠다. 불만을 갖지 말라는 말도, 개인의 공명과 가문의 영달을 추구하지 말라는 말도 하지 않겠다. 하지만 적어도 내 앞에서 가면을 쓰고 거짓말은 하지 말라."

"……."

그 누구도 입을 열 수 없었다. 그들도 안다. 이번 28대 국왕은 전대 카테인 국왕과는 전혀 다른 인물이라는 것을 말이다.

우선은 귀족 가문의 서자 출신에 알카트라즈라는 절대의 감옥에 수감되었으며 그 속에서 폭동을 일으켜 이 자리에 온 사람이었다.

귀족이라는 것을 제외하고는 실제 귀족 사회에서 받아들일 수 있는 그 어떤 것도 찾아 볼 수 없는 자가 바로 현 카테인 국왕이었다. 그리고 그는 강력한 힘을 바탕으로 독불장군처럼 자신의 생각을 밀어붙였다.

따르지 못하겠다면 떠나라 했고, 그도 아니면 제거했다. 귀족들의 영지를 회수했고, 노예들을 해방시켰으며, 백성들의 거주 이전의 자유를 제공했다. 당연히 귀족들의 힘을 약화시키려 한다고 생각했다.

한데, 그는 자신을 감시하는 조직을 만들었고, 입법과 행정 그리고 군부를 정확하게 분권해 서로를 견제하게 만들었다. 그로 인해 오히려 귀족들의 힘은 더 강해졌다. 약해질 것이라고 생각한 자신들의 생각을 뒤엎은 것이다.

게다가 오래가지 못해 다시 폭동이 일어날 것이라 예상했으나 그런 예상마저 보기 좋게 빗나갔다. 백성들은 그를 지지했고, 애초에 그를 욕하고 손가락질하던 귀족들조차 그를 지지하기 시작했다.

그의 명령은 지극히 타당하고 상식적이며 일반적이었다.

그러함에도 여기 있는 귀족들은 그를 인정하려 하지 않았다.

'누천년 동안 유지해 온 신분제를 단 몇 달 만에 뒤집은 그다. 그런데 그것이 점점 이 왕국을 변하게 하고 있다. 그것도 긍정적으로 말이다. 카테인 왕국 개국 이래 최대의 위기라는 지금, 남부는 그를 중심으로 단단하게 뭉치고 있었다. 당연히 그를 따라야 하겠지만 그러면… 그러면 지금까지 국왕을 섬기며 영지민을 이끌던 우리는 대체 뭐가 되느냔 말이다.'

이것이 바로 그들의 생각이었다.

자존심. 자존심이 상해서 그의 말을 곧이곧대로 들을 수 없었던 것이다.

"싸우는 이유가 개인의 공명과 가문의 영달을 위해서임을 인정하는 것과 청야 전술이 대체 무슨 연관입니까?"

"청야 전술 자체는 문제가 되지 않는다. 중요한 것은 그대들이 나를 받아들이지 않는 것에 있다. 타당함에도 말이다. 귀작이 말했던 것처럼 청야 전술은 적에게 아무것도 넘겨주지 않음이다. 또한, 명령서에도 분명 그리 적었다. 하나 귀작들은 그리하지 않았다. 왜일까?"

"……."

답이 정해져 있으나 답을 할 수 없다.

"그것은 마지막 남은 그대들의 자존심 때문이겠지. 그대들 스스로가 목메고 있는 개인의 영달과 가문의 중흥을 위해 그대들이 해야 할 일은 바로 그 쓸데없는 자존심을 버리는 일이다. 그리고 그대들이 받아들여야 할 것은 저기 짐을 싸서 평생을 살아온 곳을 떠나고 있는 백성들이다. 그들이 있음에 그대들이 있으니 말이다. 내 말이 틀린가?"

"그건……."

"분명히 인지하고 행해야 할 것이다. 백성들의 입에서 그대들이 변하지 않았다고 하면 그대들은 여전히 그대들이 그리도 혐오하는 북부의 귀족들이나 기사들과 다르지 않음을 알아야 할 것이다."

카이론의 말에 귀족들과 기사들은 꿀 먹은 벙어리가 되어야만 했다.

권력의 중심에 그가 서 있었다. 그는 변하지 않는다. 그렇다면 자신들이 변해야 했다. 그가 옳지 않은 방향으로 간다면 목숨을 걸고 그것을 막아야 하겠지만 자존심을 버리고 객관적으로 판단하자면 그는 언제나 옳았기 때문이었다.

심각한 고민에 빠져 있을 때 누군가 카이론의 곁으로 다가와 귓속말을 했다. 카이론은 고개를 끄덕인 후 걸음을 옮겨 고민에 빠진 그들로부터 멀어졌다. 그리고 카이론은 마법 통신이 연결되어 있는 막사로 향했다.

"무슨 일인가?"

[만천하의 오롯한 지존이시고, 카테인 왕국의 어버이신…….]

"본론으로."

[북 카테인 왕국으로부터 연락이 있었습니다.]

"무슨 연락인가?"

[초청입니다.]

"초청?"

카이론은 어처구니없다는 표정을 지어보였다.

지금은 전시 상황이었다. 물론, 휴전 중이긴 하지만 말이다. 지금 휴전을 하고 있는 이유는 재상이 자신이 이끄는 세력을 규합하여 하나의 왕국을 세웠기 때문이다.

그리고 스스로를 왕이라 칭하며 왕좌에 올랐고 왕국의 명칭을 북 카테인 왕국으로 명명했다. 또한, 대외적으로 공표했으며 대대적으로 자신들의 정통성을 강조했다.

그 일환으로 정식으로 개국을 선포하여 각국의 사신을 받아들이고 있었다.

하지만 그 누구도 그 초청에 응하는 자는 없었다. 주변의 왕국은 이미 카테인 왕국이 내전 중이라는 것을 알고 있었으며, 그 세력이 백중세임도 알고 있었다. 함부로 어디에 선을 대거나 지지하는 성명을 낼 수 없었다.

그저 지켜볼 뿐이었다. 누가 승리하든 상관이 없었다. 승리하면 승리하는 측으로 사신을 보내면 될 것이고 스스로 자멸하면 승냥이처럼 달려들어 뜯어먹으면 그뿐이었다.

"공식적인 것인가?"

[비공식입니다.]

"한데?"

[초청을 한 자가…….]

말끝을 흐리는 마법사.

순간 카이론의 머릿속에 불현듯 누군가가 떠올랐다.

"페테스브루넌 에라크루네스인가?"

[정확히는 북 카테인 왕국 총사령관입니다.]

마법사의 말에 카이론은 눈살을 찌푸렸다. 상황이 안 좋게 흘러가고 있었다. 자신과 적대적인 관계를 가지고 있던 이들이 재상에게, 아니, 북 카테인 왕국의 휘하로 들었다. 체스터 백작은 물론 에라크루네스 백작까지.

'악연이로군.'

악연도 이런 악연이 없었다. 한 명은 자신을 이끌어준 자였고, 한 명은 자신의 아비였으니 말이다. 그런데 그중 자신의 아버지는 자신을 치는데 가장 앞장서고 있었다. 북 카테인 왕국의 총사령관으로서 말이다.

'그렇다면 체스터 백작은 군사장이겠군.'

보지 않아도 알 수 있었다. 카이론은 쓸쓸한 고소를 지었다.

"일시는?"

[일주일 후 경계 지점인 그린우드에서입니다.]

"그렇군. 간다고 하도록."

[명!]

마법 영상이 사그라들었다.

카이론은 의자에 상체를 깊숙이 묻은 후 잠시 동안 말문 닫더니 이내 다시 독백처럼 입을 열었다.

"초대한다 이 말이지? 보고 싶은 모양이로군. 혹은 보여주고 싶거나."

이 초대의 의도를 판단해 보는 카이론이었다. 그의 고민은 조금 더 깊어지고 있었다.

＊　　　＊　　　＊

"위험합니다."

당장에 라마나는 반대하고 나섰다. 하지만 카이론은 자신의 고집을 꺾지 않았다.

"문제 될 것이 있나?"

"그들이 어떤 술수를 쓸지 모를 일입니다."

"나의 아버지인 것을 떠나서 그가 음흉하다는 것은 인정하지. 하나 그는 귀족이고 일국의 전 병력을 통솔하는 총사령관이다. 그리고 그 자리에는 그뿐만 아닌 북 카테인의 왕이라는 자도 함께 오지. 비공식이라고는 하나 수많은 눈이 그들의 일거수일투족을 볼 것이다. 섣불리 움직이지는 않을 터."

"충분히 일리 있는 말씀이오나 사람일은 모르는 법입니다."

재상이 된 스키피오 역시 반대했다.

"하나 전하의 성정으로 결코 한 번 결정하신 일을 번복하지는 않으실 것이니 가시려면 알카트라즈 백작과 바엘가르경 그리고 일곱 개의 별을 대동하시기 바랍니다. 더불어 3백의 호위대와 함께해야 하며, 3킬로미터 후방에 1만의 예니체리를 배치하도록 해야 합니다."

"일곱 개의 별 모두를 포함한 정예 호위 열 명으로 줄이지."

"하오나."

"아니면 나 혼자 가겠네."

"끄응."

카이론의 말에 앓는 소리를 내는 스키피오와 라마나였다.

더 이상의 말은 필요 없었다. 그나마 1만의 예니체리와 열명이라고는 하나 최정예로 구성된 호위대를 대동하는 것만으로도 성공적이라 할 수 있었다.

* * *

그린 우드.

북 카테인 왕국과 남 카테인 왕국의 경계지점.

그곳에 키튼과 불카투스를 선두로 한 정예 호위대 열 명과 카이론이 도착해 있었다. 물론, 약속 장소와 멀지 않은 곳에 즉시 병력을 투입할 수 있도록 만반의 준비를 해둔 상태였다.

그들은 북 카테인 왕국의 진영이 보이는 곳에 서 있었다.

"새끼들. 간땡이는 쥐똥만 해 가지고. 초대한 주제에 저게 뭐고?"

키튼이 마음에 들지 않는다는 듯이 전면에 몇 천의 병력을 대동하고 진영을 펼친 채 대기하고 있는 북 카테인 왕국을 바라보며 불퉁스럽게 입을 열었다.

"자신 없는 게지."

그때 불카투스가 툭 한마디 내뱉었다.

"그러면 무릎 꿇고 기어들어 오든지."

"그러기에는 자존심 상하고 말이지."

"자존심이 밥 먹여 주는 것도 아니고. 쓸데없이 피나 흘리려 드는군."

"그게 귀족이니까."

키튼과 불카투스는 몇 천의 병력이 예리한 살기를 뿜어내고 있음에도 불구하고 마치 자신의 집 안방인 양 아무렇지도 않다는 듯이 대화를 하고 있었다. 그러다 어느 정도 북 카테인 왕국의 진영이 가까워지자 카이론의 앞으로 말을 몰아 역삼각형의 진형을 만들었다.

카이론을 중심으로 앞으로는 키튼과 불카투스가 뒤로는 일곱 개의 별이 자리했고, 그 뒤로 다시 슈바르츠 친위 대장과 가장 실력이 출중한 두 명의 친위대가 진형을 형성했다.

완벽하게 호위하고 있는 모습이었다.

"정지! 누구냐!"

그때 그들의 앞을 가로막는 일단의 병력이 있었다. 그에 키튼의 얼굴에는 알 수 없는 미묘한 표정이 떠오르며 그의 입술이 일그러졌다. 지금 상황이 어떤 상황인지 곧바로 파악할 수 있었기 때문이었다.

'이 새끼들. 약은 수를 쓰네? 그럼 한번 놀아줘야지.'

키튼이 슬쩍 불카투스를 바라봤다. 불카투스 역시 지금 이 상황이 어떤 상황인지 대충 눈치챈 것 같았다. 나이와 종족을 떠나 키튼과 불카투스는 서로의 눈빛만으로도 상대의 의중을 파악할 수 있을 정도의 절친이었다.

"이런 쓰벌 놈들이 불러놓고 이게 뭔 짓거리다냐?"

여지없이 키튼의 걸쭉한 입담이 쏟아져 나왔다.

"감히!"

"어디 보자아~ 이곳은 북 카테인 왕국의 국왕과 남 카테

인 왕국의 국왕이 은밀하게 만나기로 한 장소. 애초에 간단한
호위 병력만 꾸려 만찬을 즐기기로 했지. 그런데 말이야 대충
봐도 3천 정도의 병력에 일개 기사가 길을 막는다? 불카야,
이게 뭔 경우냐?'

"무슨 경우이기는. 한번 해 보자는 게지."

"그렇지?"

"그러엄."

죽이 척척 맞아 들어가는 둘이었다. 카이론은 말없이 그 둘
이 하는 양을 지켜보았다. 그 뿐만 아니었다. 그를 따르는 열
명의 호위대 역시 말없이 그 상황을 지켜볼 뿐이었다. 그들을
막아선 기사는 상황이 이상하게 돌아감을 알 수 있었다.

'이, 이게 아닌데?

원래는 위압감을 조성해 적의 기세를 한풀 꺾으려는 의도
였다. 그렇게 되면 어느 정도 대화에서 우선권을 쥘 수 있기
때문이었다. 그런데 전혀 다른 방향으로 상황이 흘러가고 있
는 것이다.

'여기서… 물러날 수는 없다.'

길을 막아선 기사는 이들이 남 카테인 왕국의 초청된 이들
이라는 것을 알고 있었다. 다만, 아무리 은밀하게 초청된 이
들이라 할지라도 설마 호위대 몇 명만을 대동하고 나타날지
는 꿈에도 몰랐다.

호위대 중앙에 있는 자가 상당히 높은 작위를 가진 중요한 자로 보이기는 했지만 설마 실제 남 카테인 왕국의 국왕일 거라고는 생각하지 못했다.

'적대적인 관계에 놓인 왕국의 초청에 이렇게 단출하게 올 리는 없으니까.'

일반적이라면 그 기사의 생각이 확실히 타당했다.

하나 그것은 그 기사가 남 카테인 왕국의 상황을 몰라서 생각하는 것이었다. 기사의 잘못은 거기에 있었다.

"딱 보니 신참인데……. 아가야 다친다. 그냥 비켜라."

"뭐, 뭐라? 감히 북 카테인 왕국의 근위 기사단에게……."

"근위 기사단? 난 백작이다, 이 새끼야."

"뭐?"

"남 카테인 왕국의 키튼 알카트라즈 백작이라고. 알랑가 모르겠다?"

"가, 감히 어디서 세븐 스타를 사칭하려고……."

"하여간 이 새끼들은 꼭 관을 봐야 눈물을 흘리더라."

"이노옴! 감히!"

결국 기사는 참지 못했다. 자신을 놀린다고 생각했기 때문이었다. 북 카테인 왕국의 근위 기사단 보기를 마치 변방 작은 시골 남작의 기사를 대하듯하니 속에 불길이 확 일어나는 것 같았기 때문이었다.

그런 기사를 바라보며 키튼은 흰 이를 드러내며 히죽 웃었다. 마치 의도적으로 이 상황을 만들었다는 듯이 말이다. 그 순간 기사의 검이 키튼을 향해 쇄도해 들었다.

하나 키튼은 가만히 그 모습을 지켜볼 뿐이었다.

'멍청한 놈. 넌 이제 죽었다.'

기사는 필승을 확신했다. 상대는 자신의 기세에 움츠러들어 제대로 된 대응조차 하지 못하고 있었다. 죽여도 상관없다는 명령은 없었지만 일벌백계는 필요하다고 생각했다.

한 놈을 죽여 저들의 기세를 꺾을 수 있다면 그것은 칭찬을 받을 일이지 질책을 받을 일은 절대 아니었다.

기사의 검이 키튼의 목줄기를 훑고 지나가려는 그 찰나.

흔들.

갑자기 키튼의 신형이 슬쩍 움직였다.

'어?'

기사는 순간 자신의 눈을 의심했다. 순간적으로 키튼의 신형을 놓쳤기 때문이었다.

퍼억!

"끄윽!"

기사의 허리가 접혔다. 굳건하게 대지를 밟고 있어야 할 두 발이 허공에 떠올랐고, 오만하게 키튼을 응시하던 동공이 풀리고 입에서는 핏물을 토해냈다.

기사들과 병사들은 그 광경을 그저 지켜볼 뿐이었다. 사실 상 순식간에 일어난 일이었으나, 그들이 보기에는 마치 시간 이 아주 느릿하게 흘러가는 것 같은 느낌이 들었다. 그리고 아주 명확하게 보였다.

스스로를 백작이라 소개한 자가 기사의 복부를 타격했고, 그 충격에 기사는 정신을 잃었다. 그러함에도 분이 풀리지 않 았는지 복부에 주먹을 꽂은 채 기사의 신형을 대지에 내리꽂 았다.

콰아아앙!

"꺽!"

흙먼지가 일어났다. 기사가 내리꽂힌 곳을 중심으로 대지 가 쩍쩍 갈라지며 거미줄 같은 균열이 생겨났다.

툭! 툭!

키튼은 가볍게 자신의 레더 메일을 털어내며 다시 자리로 돌아갔다.

"하여간 뭣도 없는 새끼들이 나댄다니까."

나직한 말이었지만 주변에 있는 모든 이들이 들을 수 있을 정도로 선명한 목소리였다. 북 카테인 왕국의 기사들이 주먹 을 움켜쥐었다. 그런 기사들을 본 키튼이 히죽 웃으며 다시 입을 열었다.

"왜? 해보게?"

그가 도발을 했다.

하지만 그 도발은 그들에게 먹혀들지 않았다. 도발이라는 것을 눈치챘기 때문이 아니라 그들을 제지하는 누군가의 목소리 때문이었다.

"허어~ 이런 제가 조금 늦었나 봅니다?"

목소리의 주인공은 북 카테인 왕국의 총사령관이 되면서 공작의 직위에 오른 파테스브루넌 에라크루네스 공작이었다.

"미리 전갈을 하지 그러셨습니까? 설마, 남 카테인 왕국의 국왕 전하께서 호위 몇 명만을 대동한 채 오실 거라고 누가 생각했겠습니까?"

알면서 하는 말이었다. 그의 얼굴은 웃고 있었으나, 그의 눈은 차갑게 가라앉아 있었다. 피를 줄줄 흘리며 죽어가는 기사는 그의 안중에도 없었으며, 그의 시선은 오로지 마상에서 자신을 내려다보고 있는 카이론을 향해 있었다.

"북 카테인 왕국의 지휘 체계가 형편없는 모양이로군."

카이론은 자연스럽게 하대를 했다.

아무리 에라크루네스 공작이 자신의 아버지라고 하더라도 자신은 남 카테인 왕국의 국왕이었고, 상대는 적대관계인 북 카테인 왕국의 총사령관이었다. 그런 그에게 자신이 약세를 보일 필요는 없었다.

더군다나 지금과 같은 초청을 가장한 기세 싸움에서는 개인적인 모든 것을 접어두고 대해야만 했다.

"그렇습니까? 소작이 미처 생각지 못했습니다. 사과하는 의미로서……."

에라크루네스 공작이 손을 슬쩍 흔들어 보였다. 그에 그의 손에서 검은 기류가 흘러나오며 바닥에서 아직 정신을 차리지 못하고 피를 게워내고 있는 기사의 목을 스치듯 지나갔다.

"헉!"

그에 갑자기 기사의 눈이 부릅떠지며 전신을 잘게 떨었다. 그러더니 이내 그 잔떨림조차 그쳤다. 그리고 기사의 목에 가느다란 혈선이 그어졌고, 피가 뿜어져 나오기 시작했다.

에라크루네스 공작은 자신의 지시를 충실히 이행했음에도 불구하고 가차 없이 기사의 목을 베어버렸다. 그는 무표정하게 죽은 기사 곁으로 다가가 잘린 목을 들어 올렸다.

그는 죽은 기사의 목을 두 손으로 받들어 카이론의 앞으로 다가가 입을 열었다.

"사과의 의미로 바칩니다. 받아주시겠습니까?"

뚜욱! 뚝!

그의 두 손은 어느새 검붉은 핏물로 물들어 있었다. 말투는 공손했으나 그는 허리를 꼿꼿이 세운 채였다.

그런 그의 눈에서는 새파란 광망이 쏟아져 나오고 있었다.

"쓸데없군. 그따위 하급 기사의 목을 과인이 받아서 무슨 소용일까? 혹 공작의 목이라면 모를까."

북 카테인 왕국의 몇몇 기사들과 병사들은 그 모습에 질려 헛구역질을 해댔다. 하나 카이론을 따라나선 이들은 전혀 얼굴 표정조차 변하지 않았다. 이런 것쯤은 아무것도 아니라는 듯이 말이다.

그런 그들의 표정에 에라크루네스 공작은 살짝 인상을 찌푸렸다. 상대의 기세를 꺾기 위한 행동이었으나 그 행동이 오히려 아군의 기세를 꺾고 있었다. 마음에 들지 않았다. 마음 같아서는 여기 있는 모두의 목을 베어버리고 싶었다.

"그것은 조금 어려울 듯합니다. 받아야 할 빚이 워낙 많아서 말입니다."

"하기는 공작의 자리에 오르면서 얼마나 많은 혈채를 졌는지 상상조차 하지 못하겠구려."

"허허. 어디 그것이 국왕 전하만 하겠습니까?"

"살아온 세월이 있거늘 어찌 공작만 하겠소이까?"

보이지 않은 첨예한 설전이었다.

말 한마디 한마디에 살기가 담겨있었다. 하지만 둘은 아무렇지도 않게 대화를 이어가고 있었다. 분명 이 한 번의 기세 싸움에서 공작은 패했음이었다.

억지로 미소를 짓고는 있지만 그의 표정은 결코 편해 보이지 않았다. 그런 에라크루네스 공작을 바라보던 카이론은 이내 시선을 거두고 진중을 바라보며 입을 열었다.

"언제까지 여기 있어야 하겠소?"

"사과를 받아주셔야지요. 그것이 순서일 듯싶습니다."

"받은 것으로 하지요."

카이론의 말에 입술을 일그러뜨리는 에라크루네스 공작이었다. 받은 것으로 하겠다는데 자신이 억지를 쓸 수는 없었다. 그에 그는 들고 있던 기사의 머리를 옆으로 툭 던지며 말했다.

"안내하겠습니다."

"부탁하지요."

카이론은 말에서 내리지 않았다. 여전히 그는 위에서 아래로 내려다보고 있었다. 그에게 등을 보이고 돌아서는 에라크루네스 공작의 눈동자가 순간적으로 검은색으로 물들었다 본래의 눈동자로 돌아왔다.

까득.

그는 분함에 못 이겨 이를 갈았다. 그 누구에게도 들리지 않았을 것이라 예상했으나 그것은 카이론과 그를 따르는 이들을 무시하는 처사였다. 그들은 최하 최상급의 기사였으니 말이다. 그리고 무리한다면 일시적으로 마스터의 전유물인 오러 블레이드까지 시현해 낼 수 있는 실력자 중 실력자들이었으니까 말이다.

"거참! 이빨 부러지겠습니다. 나이 들어 이빨도 안 좋으실 텐데 말입니다."

키튼이 이죽거렸다. 그에 에라크루네스 공작의 시선이 키튼에게로 향했다. 순간적으로 상대를 위압할 수 있을 정도의 살기가 키튼에게 폭사되었음은 물론이었다. 하나 키튼은 가볍게 손을 휘저었다.

마치 파리를 쫓아내듯이 말이다. 그 순간 에라크루네스 공작이 폭사한 살기는 마치 여름날 눈이 녹아내리듯 흔적조차 없이 사라져 버렸다. 에라크루네스 공작의 눈이 가늘어지며 가볍게 경련을 일으켰다.

"별 중의 별이라는 일곱 개의 별 중 그 수위를 차지하는 자가 있으니 바람처럼 가볍다 하여 결코 가벼이 여기지 말라. 그 바람이 불고 분다면 폭풍이 되어 세상을 암흑으로 물들이고, 모든 흔적을 지울 것이라."

"흐음. 무슨 말씀이신지?"

키튼은 귀를 후비며 입을 열었다.

"남 카테인 왕국에는 국왕을 받드는 일곱 개의 별이 있는데 그중 첫째는 역시 바람의 별이라 일컬어지는 키튼 알카트라즈라고 하더군. 직접 만나보니 소문이 오히려 덜한 듯 싶소."

"커험, 험. 거참. 소문하고는. 므허허. 기, 기분은 좋습니다. 북 카테인 왕국의 붉은 검이라 일컬어지는 페테스부르넌 에라크루네스 공작께서 이자의 얼굴에 금칠까지 해주고 말입니다."

가벼운 행동. 천민을 예상케 하는 말투.

하나 바람의 별이라는 그의 이름 앞에서 그 누구도 그를 함부로 대하지 못했다. 그는 그만큼 유명한 사람이니까 말이다. 카이론 에라크루네스 남 카테인 왕국의 국왕을 제외하고는 말이다.

"언제고 한번 검을 겨뤄 봤으면 좋겠소."

"뭐, 상관없지요. 하지만 아마도 그 언젠가는 누군가의 제삿날이 될 것입니다."

"크흐흐. 생각보다 설공이 대단하구려."

"설마 노회하신 공작 각하만 하겠습니까?"

카이론 만큼이나 날카로움을 자랑하는 키튼이었다. 아니, 어쩌면 그보다 더 직접적이기에 날카로움에 불쾌함까지 더해졌다. 카이론은 일국의 국왕, 키튼은 두 단계나 낮은 백작. 당연히 카이론보다 더 기분이 나쁠 수밖에 없었다.

부르르.

오늘 여러모로 에라크루네스 공작의 수난의 날이라 할 수 있었다.

비공식적이기는 하지만 결코 경거망동할 수 없는 자리. 오고 가는 말 속에 숨겨져 있는 날카로움이란 전장에서 검을 마주하는 것보다 날카로웠다.

수천의 병력이 그들을 에워싸듯 둘러쌌다. 그런 그들을 보며 카이론은 피식 웃어버렸다. 그리고 덤덤하게 입을 열었다.

"호위대가 꽤 많구려?"

"주군의 안위를 걱정하는 것은 기사들이나 병사들의 당연한 도리 아니겠습니까?"

"도리? 도리라… 한데, 왜 과인은 겁쟁이들로 보일까 모르겠소."

결정타였다. 마치 현재 상황을 즐기듯이 계속 에라크루네스 공작을 도발하는 카이론이었다. 그에 에라크루네스 공작은 소매 아래 숨겨진 주먹을 꽉 움켜쥐었다. 어찌나 세게 쥐었던지 손바닥이 새하얗게 변할 정도였다.

그는 손을 들어 가볍게 저었다. 그에 카이론 일행을 둘러싸던 기사들과 병사들이 주춤거리더니 뒤로 물러났다.

"정예라서 그런지 말은 참 잘 듣는 것 같구려."

"그쯤 했으면 되었지 않을까 합니다."

"무엇을 말이요?"

"이곳은 비공식적인 자리입니다. 무슨 불상사가 일어날지 모를 곳이기도 하고 말입니다."

"오~ 그렇소? 이거 겁이 나는구려. 과인이 생각하기로 북 카테인 왕국의 국왕은 모든 귀족들을 쥐락펴락하는 줄 알았 거늘 그렇지도 않은 모양이구려. 국왕의 명을 어기고 겨우 열 명 내외의 호위대를 대동한 적국의 국왕을 시해할 정도로 대 담한 귀족이 있으니 말이요."

촌철살인이라는 말이 있다면 바로 지금을 이르는 것일 게 다. 그 순간 에라크루네스 공작의 눈동자는 다시 검게 물들었 다. 분노가 극에 달한 것임을 알 수 있었다.

"그건 그렇고오~ 아직 도착하려면 멀었소? 대체 얼마나 대단한 대접을 하려는지 기대가 참 크오."

"다… 왔습니다."

마침내 도착했다. 거대한 차양이 쳐진 곳. 몇 명이 간단하 게 식사를 하기에는 너무나도 거창한 규모였다.

"거참. 북 카테인 왕국은 식량이 남아도는 갑네. 이 정도면 백성 천 명 정도는 족히 먹을 수 있겠구만."

"식량이야 남 카테인 왕국이 최고지. 북 카테인 왕국은 산 악 지대가 많잖냐?"

"그렇긴 한데. 도대체 이 많은 걸 어디에서 구했는지 모르 겠단 말이다."

"의뭉스러운 놈. 알면서."

키튼과 불카투스였다. 그들은 여전히 마음에 안 든다는 듯이 북 카테인 왕국을 헐뜯고 있었다. 그들을 보는 에라크루네스 공작의 얼굴은 일그러질 대로 일그러졌다.

애초에 자신이 목표한 것 중 단 한 가지도 제대로 이뤄지지 않고 있었다. 아니 전투로 치자면 자신의 계략은 완벽하게 패배한 것이라 할 수 있었다.

제2장

갈등

Warrior

좌로부터 에라크루네스 공작, 북 카테인 왕국의 국왕, 체스터 후작이 자리를 하고 있었다. 에라크루네스 공작은 북 카테인 왕국의 모든 병권을 한 손에 쥔 총사령관이 됨으로써 백작에서 공작으로, 체스터 후작은 재상의 자리에 오르면서 백작에서 후작의 위에 올랐다.

그들을 한 번 훑어본 카이론.

정적이 감돌았다. 그에 먼저 입을 연 것은 역시 북 카테인의 마샬 국왕이었다.

"설마 오란다고 정말 올 줄 몰랐소이다."

"오지 못할 자리는 아니오만."

카이론의 말에 고개를 주억거리는 마샬 국왕.

"궁금했소."

"무엇이 말이오."

"남 카테인 왕국의 국왕이 말이오. 그가 대체 누구이기에 30년의 공을 모래성처럼 허물어뜨리는지 말이오."

"보니 어떻소?"

"한 가지는 알겠소."

"한 가지라… 그것이 무엇이오."

"생각보다 강심장이라는 것이오."

마샬 국왕의 말에 카이론은 픽 웃어버렸다. 생각보다 강심장이라는 말. 그것이 어리석음을 뜻하는 것인지 아니면 진정으로 감탄하는 것인지 애매모호했다. 어쩌면 두 가지 모두 포함되어 있을지도 몰랐다.

"말했지만 오지 못할 곳이 아니오. 카테인 왕국의 영토이니."

"카테인 왕국의 영토라."

이번에는 마샬 국왕이 픽 웃음을 터뜨렸다. 카이론의 말은 자신을 인정하지 않는다는 말이었기 때문이었다.

"젊은 나이에 권좌에 오르더니 사리판단이 되지 않는 모양이오?"

"사리판단을 하지 못할 사람이 일국의 국왕의 좌에 오를 수 있다고 보시오?"

"그렇지 않다면 과대망상증에 걸린 사람임에 분명할 것이오. 하나의 카테인 영토라니 말이오."

"그렇게 될 것이오."

카이론의 덤덤한 말에 마샬 국왕은 입에 넣은 음식을 천천히 아주 꼭꼭 씹어 먹었다.

"대단한 자신감이구려."

"자신감이 아니라 당연히 그리되어야 할 일이오. 카테인 왕국은 잠시 내전을 겪고 있을 뿐이오. 과인은 그 정통성을 승계받은 카테인 왕국의 제28대 국왕이니 말이오."

"말을 함부로 하는군."

카이론의 말에 화를 내는 것은 마샬 국왕이 아닌 바로 그의 곁에 있던 에라크루네스 공작이었다. 카이론의 시선이 그에게로 향했다.

"주군의 대화에 일개 귀족이 끼어들다니, 이것이 북 카테인 왕국의 귀족들의 행태인가?"

카이론은 덤덤하게 음식을 먹고 있었고, 그 대신 불카투스가 으르렁거렸다. 그에 에라크루네스 공작의 시선이 불카투스를 향했다.

거대한 체구. 마치 바위덩어리를 연상케 하는 사내였다.

상체는 온통 벗어 던진 채 성인보다 큰 거대한 배틀엑스를 등에 차고 있었다.

순간 에라크루네스 공작은 물론 마샬 국왕과 체스터 후작조차 놀랐다. 그들이 놀란 이유는 지금까지 그의 모습이 눈에 들어오지 않았기 때문이었다. 분명 이곳에 있는 어느 누구보다 커다란 체구를 자랑하는 그였다.

그런데 진영의 초입에서부터 시작해서 지금 그가 입을 열기 전까지 그의 존재감은 지극히 미미했다. 그가 존재했는지조차 알지 못했다.

특히 에라크루네스 공작의 놀람은 실로 대단했다. 그럴 수밖에 없는 것이 그는 스스로의 무력에 대한 자신감이 대단해 그 누구도 자신의 이목에서 벗어나지 못한다고 생각하고 있었기 때문이었다.

'어떻게 이럴 수가 있지?'

그랬다. 에라크루네스 공작조차도 불카투스의 존재를 이제야 파악한 것이었다. 그래서 놀람을 넘어선 경악의 침음을 흘릴 수밖에 없었다. 그의 시선은 불카투스를 훑고 다시 귀족의 식사 예법은 쓰레기장에 처박고 걸신들린 거지처럼 먹고 있는 키튼에게로 향했다.

'저자도, 저자도 위험한 자다.'

이제야 경각심이 들기 시작했다. 카이론을 중심에 두고 좌우를 보필하고 있는 불카투스와 키튼의 모습. 전혀 상반된 두 사람의 모습이었다. 진영에 들일 때 그 둘은 염두에조차 두지 않았다. 그의 신경은 오로지 카이론에게만 있었으니까.

그런데 안중에도 없던 둘의 실력이 실로 막강한 것이었다. 북카테인 왕국에서 자신의 검을 받아낼 존재는 없었다. 그런데 그런 자신과 동급의 실력자가 갑자기 존재를 드러낸 것이다.

에라크루네스 공작과 불카투스의 시선이 부딪혔다.

휘류류룽.

둘 사이에 기이한 정적이 감돌며 알 수 없는 기류가 흐르기 시작했다. 그 기류는 마침내 바람이 되어 둘 사이에 놓여 있던 식기를 흔들리게 만들었다.

쩌적! 퍼석! 쩽그랑!

그리고 마침내 식기에 금이 가기 시작하더니 박살 났고, 고급스럽게 만들어진 유리잔이 깨져 나갔다.

"그만!"

카이론이 나직하게 입을 열었다. 그에 불카투스는 자신의 힘을 거두어들였다. 상대가 힘을 거두어들임에 에라크루네스 공작 역시 힘을 거두었다.

이곳은 자신의 무대가 아니라 마샬 국왕의 무대가 되어야 했으니까 말이다.

"손님을 대하는 데 상당히 과격하군."

"훗! 손님이 손님 같아야 손님 대우를 하지."

카이론의 말에 에라크루네스 공작이 맞받아쳤다. 마샬 국왕과 체스터 후작은 그저 강 건너 불구경하듯 그 둘의 대화를 들을 뿐이었다. 그들은 여전히 여유롭게 식사를 즐기고 있었다. 아마도 이미 예견했거나 계획된 상황일지도 몰랐다.

"새끼들이. 하여간 겁나 버릇없어요. 밥 먹을 때는 개도 안 건드린다는데 말이야."

"호위 따위가 끼어들 곳이 아니다."

키튼이 연신 입에 음식을 집어넣으면서 말하자 에라크루네스 공작의 배후에 고목처럼 서 있던 이가 나직하게 으르렁거렸다.

"아따~ 그놈의 새끼. 얼마나 처먹으면 저리도 클꼬? 이봐! 불카투스. 자네만 하겠는데?"

키튼의 말에 불카투스는 슬쩍 그 기사를 바라보더니 비릿한 미소를 떠올렸다.

"덩치가 크다고 실력까지 좋은 것은 아니지. 그리고 주인이 대화하는 데 끼어드는 개새끼들은 그 종자가 의심스러워."

"낄낄. 불카투스 자네도 입담이 상당히 늘었는데?"

"자네만 하려고?"

"낄낄. 하여간 이건 좀 맛있네. 달달한 게 말이야."

자신들의 앞에 있는 북 카테인 왕국측의 사람들은 안중에도 없다는 듯 시답지 않은 대화를 나누는 그들이었다. 에라크루네스 공작의 배후에 서서 그런 그들을 바라보던 기사는 갑자기 무언가를 불카투스에게 집어 던졌다.

그와 동시에 기사는 외쳤다.

"결투를 신청한다!"

불카투스는 어느새 자신의 얼굴을 향해 날아 들어온 가볍디가벼운 장갑을 잡아채 손에 묻은 소스를 닦아내고 있었다. 그러다 히죽 웃으며 입을 열었다.

"오랜만에 몸 좀 풀어보겠군."

그런 그를 흥미롭게 지켜보던 에라쿠르네스 공작이 카이론을 직시하며 입을 열었다.

"기사의 명예는 지켜져야 하는 것. 결투를 받아들이겠습니까?"

정중한 어투였다. 하지만 그 말에서 느껴지는 감정은 전혀 아니었다.

카이론은 포크와 나이프를 내려놓고, 부드러운 천으로 입 주변을 닦아냈다.

"결투의 결과, 죽어도 상관없겠지요?"

"허허. 기사의 명예를 건 결투입니다. 당연히 목숨으로 결과를 내야겠지요."

"흥미롭군요. 북 카테인 국왕은 어떠십니까? 여흥을 돋우기에는 충분하다 생각됩니다만."

카이론의 말에 마샬 국왕 역시 고개를 주억거렸다.

달가운 상황이었다. 사실 남 카테인 왕국은 적국이었다. 적국의 왕을 불러 이런 비공식적인 오찬을 하는 것도 어떤 의미에서는 상당한 모험이라 할 수 있었다.

그리고 그 모험의 노림수에는 그들의 전력을 확인하려는 것도 포함되어 있었다. 물론, 가장 기본적인 의미는 과연 남 카테인 왕국의 국왕이 어떤 인물인지 한 번 보고 싶다는 것이 이유였다. 카이론의 입장에서는 참으로 웃기지도 않은 이유였지만 일국의 국왕으로서 이 정도의 기행은 기행 축에도 끼이지 않는다.

아니, 오히려 전쟁 중인 적국의 왕을 불러 오찬을 할 정도의 담대함을 지니고 있다는 것을 모두에게 인지시켜 스스로의 입지를 강화할 수 있다는 것이다.

특히나 지금과 같이 기사나 마법사 등 전투에 특화된 이들이 우대를 받고 있는 상황이라면 더욱더 그러했다. 비공식적인 초청이라고는 하지만 이미 북 카테인 왕국의 알 만한 이들은 모두 알고 있었다.

"그들을 한데 모을 방법이 필요해."

"하면, 남 카테인 왕국과 비공식 오찬을 가지시는 것이 어떠십니까?"

마샬 국왕의 고민에 체스터 후작이 입을 열었다. 그에 마샬 국왕은 솔깃한 표정을 지어보였다.

"그래야만 하는 이유는?"

"지금은 전쟁 중입니다. 기사와 군부의 세력이 득세를 하고 있습니다. 그렇다면 그들이 원하는 것은 바로 강한 국왕일 것입니다. 거칠고 담대하며 적국의 국왕까지 포용할 수 있는 남자다움 말입니다."

"하긴 내가 그런 것이 조금 부족하기는 하지."

부족한 정도가 아니었다. 그에 대한 인식은 현자에 가깝다. 전장의 가장 선두에 서 모든 이들을 아우르며 전장을 압도할 만한 카리스마가 없다는 것이다. 평상시라면 칭송받아야 할 그였지만 지금은 전시였다.

그러하기에 그에게는 군부나 기사들에게 어필할 강력한 무언가가 있어야 했다. 체스터 후작은 그 돌파구로 비공식적인 오찬을 권하고 있는 것이었다.

"한데, 위험하지는 않겠나?"

"조건을 걸면 됩니다."

"어떤 조건?"

"인원과 무장의 제한입니다."

"흠. 그건 뭐 되었고, 비공식이라면 어떻게 알려야 하지?"

"말이 비공식일 뿐. 그저 흘리면 됩니다. 말이라는 것이 막는다고 해서 막아지는 것이 아니니까 말입니다."

"그렇군. 더불어 그들의 전력도 파악할 겸."

"아마도 어느 정도까지는 파악할 수 있을 것입니다. 남 카테인 국왕의 성정이라면 말입니다."

"그를 잘 알고 있나?"

"한때 소신의 휘하에 있던 자입니다. 또한 주목을 했었던 자이고 말입니다."

체스터 후작의 말에 고개를 끄덕인 마샬 국왕이었다. 그렇다면 아마도 자신보다 그를 더 잘 알 것이기 때문이었다.

체스터 후작의 인성은 어떠할지 모르나 그의 인물에 대한 판단력은 믿을 만했다.

짧은 기간이지만 그가 추천하고 등용한 인물들은 알고는 있었지만 쉽게 등용하지 못한 인물들이 대부분이었다. 그런데 그러한 인물들을 적재적소로 등용하고 있었던 것이다.

사실 아닌 게 아니라 체스터 후작의 성정은 점점 변해가고 있었다. 그는 기사도 아니고 마법사도 아니었다. 그저 스스로의 머리를 믿고 있는 책사일 뿐이었다. 그래서 그런지 그의 성정은 점점 음침하고 기괴하게 변해가고 있었다.

아직까지도 그의 곁을 굳건히 지키고 있는 칼리시니코프

백작마저도 한숨을 내쉴 정도로 말이다.

"하고… 칼라시니코프 백작은 그의 생각을 아직도 그대로 고수하고 있나?"

"조만간 받아들일 것입니다. 스스로 변하지 않으면 소작을 지킬 수 없다는 것을 알기 때문입니다."

"그렇군. 어쨌든 후작의 의견대로 하지. 다만, 신중을 기해야 할 것이네."

"국왕 전하의 뜻대로 이루어질 것입니다."

체스터 후작이 극상의 예를 올렸다. 그런 체스터 후작을 바라보며 의미심장한 웃음을 지어보이는 마샬 국왕.

모든 것이 자신의 뜻대로 흘러가고 있었다. 단지 에라크루네스 공작을 제외하고는 말이다.

지금은 그의 이익과 자신의 이익이 서로 맞아떨어지기 때문에 공생 관계가 유지되고 있었다. 하지만, 이 전쟁이 끝난 이후로는 서로 배치(背馳) 상태가 될 것이고, 서로 물어뜯으려 할 것이다. 하지만 쉽지는 않을 것이다.

카테인 왕국을 일통하고 본국과 하나가 된다면 더 높은 경지의 흑마법으로 그를 제어할 수 있을 것이기 때문이었다.

마샬 국왕의 회상은 짧았다. 지금까지 진행되는 상황은 그리 나쁘지 않았다. 오히려 너무 잘 흘러가고 있어서 이상할 정도였다. 그리고 이제는 적국 기사의 실력을 가늠하고 대응책을 마련해야만 했다.

"좋군요."

마침내 카이론의 답이 돌아왔다. 마샬 국왕은 의미심장한 웃음을 떠올렸다. 그리고 카이론의 말이 떨어지기 무섭게 결투장이 마련되고 있었다. 마치 미리 준비하고 있었던 듯이 말이다.

순식간에 마련된 결투장.

그 위로 불카투스가 올랐다. 결투장의 위에는 이미 상대 기사가 올라와 거대한 할버드를 가볍게 휘둘러 보고 있었다. 그의 눈동자는 자신감에 가득 차 있었다. 상대가 자신보다 훨씬 거대하기는 했지만 무력이라는 것이 꼭 신장을 가지고 하는 것은 아니니까 말이다.

적어도 먼저 결투장에 오른 기사는 그렇게 생각했다. 자신은 수많은 전투를 수행하면서 경험을 했다. 그 와중에 우월한 신장을 이용해 상대를 꼼짝 못하게 하는 경우도 있었고, 자신보다 신장이 큰 자를 상대해 손해를 본 적도 있었다.

그 수많은 전투의 경험 속에서 그가 깨달은 것은 한 가지였다.

'강한 자가 살아남는 것이 아니라 살아남는 자가 강한 자다.'

자신은 어떻게 해서든지 살아남을 수 있었다. 안되면 그렇게 만들 것이다. 그렇게 스스로에게 다짐하고 또 다짐하는 기사였다.

기사와 불카투스의 시선이 부딪혔다.

"북 카테인 왕국의 근위 기사단의 부단장으로 있는 아이반 알렉산드로비치 구즈네프 자작이다."

"남 카테인 왕국의 일곱 개의 별 중 거신의 별인 불카투스 바엘가르 백작이다."

불카투스의 말에 구즈네프 자작은 흠칫했다. 그저 단순한 호위대로 따라온 줄 알았다. 하나 상대가 거신의 별이라면 말이 달라졌다. 이미 북부의 기사들과 군부에서도 남 카테인 왕국에서 위명이 자자한 일곱 개의 별은 절대의 위치에 있었다.

그중 첫째인 바람의 별과 두 번째인 거신의 별은 상당히 특별하다 할 수 있었다. 그들의 진실한 무력은 알려진 바 없었다. 다만, 들려오는 말을 종합해 보면 이미 소드 마스터를 넘어서지 않았을까 하는 추측을 할 뿐이었다.

"영광이라고 해야 하나? 거신의 별을 볼 수 있어서?"

하지만 구즈네프 자작은 별다른 표정의 변화 없이 덤덤하게 말했다.

'소문은 소문일 뿐이다.'

그 가진 바 무력을 보지 못했으니 소문이라고 치부했다. 소문이란 언제나 그렇듯이 부풀려지게 마련이다. 입에서 입으로 옮겨지는 동안 말이다.

직접 부딪혀 보지 않은 이상 그 실력을 알 수 없었다. 하지만 그렇다고 방심하지는 않았다. 소문이 소드 마스터라면 적어도 그에 필적할 만한 실력을 지녔음에는 분명하기 때문이었다.

"영광은 무슨 얼어 죽을. 죽고 죽이는 사이에 영광이 필요 있을까?"

"하긴 그렇군."

서로를 존대하지도 않았고, 적대하지도 않았다. 그냥 마치 친구처럼 대화를 이어나가는 둘이었다. 구즈네프 자작은 크게 호흡을 들이마시고 고개를 한 바퀴 돌려 긴장감을 고조시켰다.

그런 구즈네프 자작을 보며 불카투스가 입을 열었다.

"먼저 갈까? 아니면 먼저 오겠나?"

"명성값을 하겠다는 것인가?"

불카투스의 말에 이죽거리는 구즈네프 자작이었다.

"아니 명성값이 아니라 네놈이 생명줄을 잡을 시간을 조금 더 늘려줄 기회를 주는 게지."

"큭! 관을 봐야 눈물을 흘릴 놈이로구나."

구즈네프 자작은 오른발을 앞으로 내밀며 마치 땅을 쓸 듯이 앞으로 전진했다. 무려 10미터라는 간격이 순식간에 좁혀지며 할버드의 날카로운 창이 불카투스의 심장을 쪼갤 듯이 파고들었다.

쩌엉!

"홉!"

가벼운 마음으로 찔러 들어갔던 할버드. 하지만 거신의 별이 막아냈다. 그리고 손아귀에 전해지는 둔중한 충격. 결코 간단치 않았다. 구즈네프 자작은 곧바로 뒤로 물러서며 그의 사정권에서 멀어졌다.

그런 그를 아무렇지도 않다는 듯이 바라보는 불카투스.

"설마 이대로 물러나는 것은 아니겠지?"

"훗! 겨우 한 번으로 기고만장하군."

"좋아. 아직 죽지 않았군. 와봐."

불카투스가 손가락을 까딱거렸다. 보기에도 상당히 무거워 보이는 육중한 배틀엑스를 한 손에 쥐고도 마치 나뭇가지를 든 듯이 움직이는 불카투스였다. 그와 함께 그의 전신에서는 알 수 없는 투기가 일어나고 있었다.

꿀꺽!

구즈네프 자작은 자신도 모르게 마른침을 삼켰다. 하나 이내 자신의 실책을 깨달았는지 이를 뿌득 갈고는 커다란 고함과 함께 불카투스를 향해 쇄도해 들어갔다.

"크와압!"

그의 할버드에는 어느새 마나가 시전 되어 있었고, 그 흉흉한 기세는 세상의 모든 것을 반으로 잘라낼 것만 같았다.

"호오~"

"역시!"

그런 그의 모습에 모든 기사들과 귀족들은 탄성을 질러냈다. 하지만 불카투스는 그저 심드렁했다. 그러다 할버드와 그에 시전 된 오러 얀이 지척에 이르렀을 무렵 상체를 가볍게 흔들었다.

쉬아악! 콰아앙!

그 짧은 시간 불카투스는 거체를 움직여 상대의 할버드를 피해냈다. 그리고 주먹을 내질렀다.

퍼억!

"꺼억!"

옆구리를 강타당한 구즈네프 자작은 헛바람을 들이켜며 상체를 숙였다. 상상할 수 없는 극통이 밀려들었고, 숨이 턱턱 막히는 느낌이었다. 그 와중에도 그의 시선은 불카투스를 찾아 이동했고, 그의 시선에 잡힌 것은 무기를 등 뒤로 갈무리하고 있는 그의 모습이었다.

"가, 감히……."

무기를 갈무리한다는 것은 무기를 들 필요성조차 느끼지 못한다는 것을 의미했다.

결투를 신청한 기사로서 그것보다 더한 치욕은 없었다. 창자가 가닥가닥 끊어질 것 같은 극통 속에서도 구즈네프 자작은 머리에 불이 떨어진 것 같은 느낌이 들었다.

"주, 죽엇!"

전력을 다했다. 그의 외침에서 비장함마저 느껴질 정도였다.

"넌 좀 맞아야겠다."

불카투스는 의도적으로 구즈네프 자작을 도발하고 있었다. 아까부터 느낀 거지만 구즈네프 자작에게서 악취가 나고 있었다.

그 냄새를 맡고 있자면 코가 썩어 문드러질 것 같은 악취였다. 물론, 북 카테인 왕국의 진영에 들어설 때부터 난 악취에 비하면 그나마 나았다. 하지만 나을 뿐 지독한 악취가 사라진 것은 아니었다.

그래서 그는 직감적으로 깨달았다. 이곳이 바로 악취의 소굴이라는 것을 말이다. 그리고 북 카테인 왕국이 이 땅에서 사라져야 할 또 하나의 명분이 생겼다는 것을 말이다.

불카투스의 도발은 그의 심연 속에 감춰진 악취를 뽑아내기 위한 도발이었다.

그리고 구즈네프 자작은 그러한 불카투스의 의도에 충실하게 따르고 있었다. 휘어져 들어오는 구즈네프 자작의 할버드의 간격 내로 접근하면서 손을 들어 할버드의 창대를 튕겨 낸다.

오러 얀이라고는 하지만 그저 창날이나 도끼날에 씌워진 것뿐이다. 그것을 제외하면 창대는 단단한 쇳덩이일 뿐이었다. 그 정도로는 오러 블레이드마저 튕겨 내는 그의 피부와 근육을 어찌할 수 없었다.

티잉!

할버드가 튕겨 나갔다. 구즈네프 자작은 튕겨 나가는 할버드를 잡아당기려 했지만 튕겨 나가는 그 힘이 어찌나 대단한지 자칫 잘못하면 할버드를 놓칠 수도 있음을 깨달았다. 그러하니 당연히 튕기는 대로 할버드를 따라갈 수밖에 없었다.

둘의 접전은 그때부터 시작이었다. 귀족들과 기사들은 그둘의 접전을 탄성을 질러가며 지켜보고 있었다. 하나 단 한사람. 아니, 두 사람만은 그렇지 않았다. 바로 에라크루네스 부자였다.

그들은 서로를 죽일 듯이 노려보았다. 아니 죽일 듯이 노려보는 자는 에라크루네스 공작이었고, 카이론은 유연하게 그시선을 받아 넘기고 있었다.

'고작 이 정도입니까?'

카이론이 눈으로 물었다.

'감히! 네놈이!'

'그래도 조금 나아진 줄 알았습니다. 그런데 고작 남의 발치에 머리를 조아리고 그 위세를 업고 호령하고 계실 줄은 몰랐습니다.'

'네놈이 감히 무엇을 안다고 지껄이는 것이냐?'

'모를 것이라 생각하십니까? 수아레스가 죽은 후 검은 연기가 허공으로 꼬리를 말고 사라지더이다. 내가 이번에 특별한 능력을 가지게 되었는데 악취를 기가 막히게 알 수 있다는 것입니다. 그런데 수아레스에게서 나던 악취가 아버지에게도 나는군요.'

'크큭! 그래서 어쩌겠다는 것이더냐? 네놈은 결국 나에게 굴복할 수밖에 없을 것이다.'

'아니, 그런 일은 없을 것입니다. 지금 제 앞에 있는 아버지는 내가 알고 있는 아버지가 아니니까 말이지요.'

'웃기는 소리. 과거의 나약하고 힘없는 존재 따위는 진정한 내가 아님을 모르느냐?'

'그래서. 그래서 자신의 피붙이를 권력의 정점으로 향하는 데 이용한 겁니까?'

'그놈은 웃으며 죽었을 것이다. 네놈을 내 무릎 아래 꿇린다면 기꺼이 환영할 것이다.'

그들은 서로 치열하게 대화를 하고 있었다. 표정으로 드러나지는 않았다. 하지만 그 둘의 시선 속에는 드러난 표정보다 더 많은 내용을 담고 있었다. 아버지와 아들. 공작과 국왕. 그리고 제 어미를 죽이고 아들을 버린 아버지.

그 둘 사이의 무언의 대화는 한 치의 틈도 없었다.

'꼭 그래야만 했습니까?'

'무슨 말이더냐?'

'꼭 권력을 위해서 아들을 버리고 아들을 죽이고 아내마저 이용해야만 했습니까?'

카이론의 질문에 에라크루네스 공작은 잠시 눈을 감았다. 하나 이내 눈을 뜨고 거무스름하게 변한 눈동자로 카이론을 직시하며 답을 했다.

'나약한 것은 죄악이다.'

'하면, 저들 역시 죄악입니까?'

카이론이 가르킨 곳. 그곳에는 기사들이 있었고, 마샬 국왕이 있었고, 체스터 후작이 있었다. 카이론과 같은 곳을 직시하던 에라크루네스 공작.

'그렇다. 그들은 죄악이다. 그러하니 저들을 정화해야만 한다.'

카이론은 눈을 감을 수밖에 없었다. 더 이상의 대화는 무의미했다. 이쯤해서 포기할 수밖에 없었다.

'어디서부터 틀어진 것일까?

눈을 감고 생각에 잠겼다. 과거로 거슬러 올라간다. 아득한 과거 속에는 한때 행복했던 때도 있었던 것 같다. 그런데 어느 순간, 정확하게는 자신의 어머니가 돌아가시고 계모를 받아들일 때였던 것 같았다.

'그렇군. 그때부터였군.'

자신의 아버지가 달라진 것은 그때부터였다.

강압에 의한 정략 결혼. 자신이 할 수 있는 일은 아무것도 없었다. 비록 자작에서 백작으로 작위가 상승하고 다른 영지로부터의 압박이 사라지기는 했지만 그때부터 사사건건 힐데만 백작 가문의 간섭을 받아야만 했다.

술을 하지 않았던 아버지가 그때부터 술을 하기 시작했고, 점점 술에 취해 있는 시간이 길어지면서 계모가 전면에 나서 에라쿠르네스 백작 가문을 좌지우지하기 시작했다. 그렇게 되기까지 그리 오랜 시간은 필요치 않았다.

불과 2, 3년 사이에 자신은 장자가 아니라 차자가 되었고, 자신의 아버지는 골방으로 물러났다. 그리고 모든 이들은 계모를 따랐으며 수아레스는 가문의 장자가 되어버렸다.

그때 그의 아버지가 했던 말이 지금에서야 생각났다.

'힘이 없다는 것은 죄악이다…….'

그랬다. 자신의 아버지는 그때부터 달라졌던 것이다.

좌절.

아무것도 할 수 없는 가장으로서 가주로서 아버지로서 남편으로서의 좌절이 그를 이렇게 만들었다. 그 이후 그는 절치부심했다.

절대 손대지 말아야 할 금단의 열매를 베어 물고, 복수의 칼을 갈았다. 그런데 그 복수심 때문인지 아니 금단의 열매 때문인지 그의 길이 삐뚤어지기 시작했다. 그리고 결국 모든 것을 정화시켜야 한다는 말까지 나오게 된 것이었다.

'이제는 돌이킬 수 없군요.'

'돌이킬 수 있다. 네가 나를 아버지로 인정한다면.'

'전 여전히 아버지로 대하고 있습니다.'

'클클. 모든 것을 내려놓아라. 그러면 받아주마.'

'그러기에는 너무 멀리 왔습니다.'

'클클. 그렇겠지. 그래서 너는 내 아들이라는 것이다. 야망이 있거든?'

콰아앙!

"크아아악!"

하지만 둘만의 대화는 더 이상 이어지지 못했다. 거대한 폭음과 함께 한 명의 거대한 체구가 훌훌 날아 결투장 아래로 떨어져 내리고 있었기 때문이었다. 떨어져 내린 거구는 바로 구즈네프 자작이었다.

구즈네프 자작의 모습은 실로 가관이었다. 그의 풀 플레이트 메일은 여기저기 깨져 나갔으며 입가와 코에는 피가 흘러내리고 있었고, 얼굴은 얼마나 땅바닥을 굴렀는지 흙투성이였다.

　"고작 이거냐? 이 정도 실력으로 나를 어찌해 볼 수 있을 거라 생각했더냐?"

　불카투스가 나직하게 입을 열었다. 그의 말에 반응을 하는 것인지 힘없이 축 늘어졌던 구즈네프 자작의 전신이 잘게 떨리며 꿈틀거리기 시작했다.

　"크흐윽! 가, 감히! 크와아아악!"

　분노가 이성을 잠식하기 시작했다. 그리고 그의 일그러지고 쪼개긴 풀 플레이트 메일에 금이 가기 시작하더니 마침내 종잇장처럼 찢어졌다. 그의 신체를 가리고 있던 모든 것이 찢겨져 나갔다.

　근육이 부풀어 오르기 시작하고 털이 자라났으며 신형이 점점 커지기 시작했다.

　귀가 뾰족하게 솟아났고, 주둥이가 앞으로 튀어나왔으며 날카로운 송곳니가 드러났다. 또한 녹색의 눈동자는 마치 파충류의 눈동자처럼 변해갔으며, 손톱이 길게 자라나기 시작했다.

　"크르르르."

나직하게 으르렁거리는 구즈네프 자작의 모습은 몬스터인 라이칸슬로프와 전혀 다르지 않았다.

"이제야 본모습을 드러내는군."

"크르르. 알고 있었던가?"

"너희들에게서는 악취가 나거든? 마치 썩은 쓰레기처럼 지독한 악취말이야."

"큭큭. 뚫린 입이라고 함부로 말을 하는구나."

"뚫렸으니 말을 하지. 막혔으면 어떻게 말을 할까? 그건 그렇고 정말 희한하군. 몬스터의 모습을 하고 인간의 소리를 낼 수 있다니 말이야. 그래서 괴물이라고 불리는지 모르겠지만 말이다."

라이칸슬로프가 된 구즈네프 자작을 보고 전혀 위축되지 않고 입을 여는 불카투스였다. 실로 믿을 수 없는 광경이었다. 그러나 지금 결투장을 둘러싸고 있는 이들 중 그 누구도 그 모습을 보고 놀라는 사람은 없었다.

마치 이미 알고 있었다는 듯이 말이다.

'알고 있었더냐?'

'세상에 비밀이란 없지요.'

'저 강함이 아름답지 않느냐?'

'추해 보이는군요.'

'클클. 아직도 정신을 차리지 못했구나. 너의 수하가 갈기 갈기 찢겨야만 정신을 차릴 것이더냐?

'저 정도로 거신의 별을 어찌할 수 없을 것입니다.'

'말도 안 되는 소리. 변신한 구즈네프 자작은 마스터라 할지라도 쉽게 그 승부를 점칠 수 없는 존재이거늘.'

카이론의 말을 에라크루네스 공작은 믿지 않았다. 변신한 존재의 강함은 이루 형언할 수 없다. 그저 변신한 것이 아닌 힘이나 생명력 혹은 방어력과 속도가 이전과 비견할 수조차 없을 정도로 강력해진다.

이미 변신하기 전에도 익스퍼트 상급의 기사였던 구즈네프 자작이었다. 그리고 변신한 후에는 마스터와 비견될 정도의 힘을 낼 수 있는 그였다. 그러한 그를 두고 상대가 안 되다니.

지금 변신한 구즈네프 자작을 상대하고 있는 자의 실력은 자신이 어둠의 힘을 사용하지 않았을 경우의 수준과 동등하다. 그렇다면 절대 구즈네프 자작과의 승부에서 승리할 수 없음이었다.

'흥! 약세를 보이기 싫은 모양이로군.'

에라크루네스 공작은 카이론의 말을 믿지 않았다. 그저 적진에 들어와 약세를 보이지 않으려 하는 과장된 행동정도라고 생각할 뿐이었다. 그의 생각에 카이론은 답을 하지 않았다. 그저 무심하게 결투장을 바라보았다.

그에 에라크루네스 공작 역시 결투장을 바라보았다. 그리고 카이론의 말이 결코 허언이 아니었음을 확인하는 데는 그리 오랜 시간이 걸리지 않았다.

"크와아앙!"

거대한 울음을 울리며 빛보다 빠르게 움직이는 구즈네프 자작. 그의 움직임이 어찌나 빠른지 잔상이 남을 정도였다.

카아앙!

그가 사라졌다고 느끼는 순간 어느새 그는 불카투스를 공격해 들어가고 있었다. 하지만 불카투스는 아주 가볍게 구즈네프 자작의 손톱 공격을 막아내고 있었다. 구즈네프 자작은 잠시 주춤했다.

하나 이내 다시 날카로운 이빨을 드러내며 으르렁거리더니 연속적으로 불카투스의 사방을 공격해 들어갔다.

"크르르. 언제까지 막을 수 있나 보자."

방어를 도외시한 공격 일변도의 움직임. 불카투스는 여유롭게 상대하기는 했지만 그를 경시하지는 않았다. 그리고 그의 손에는 그의 애병인 두 자루의 배틀엑스가 들려 있었다. 구즈네프 자작의 손톱과 불카투스의 배틀엑스가 부딪혔다.

불똥이 튀었고, 거친 굉음이 터져 나왔다. 둘 모두 방어는 신경 쓰지 않았다. 가벼운 생채기쯤은 상관없다는 듯이 말이다.

샤아아악!

날카로운 도끼날이 구즈네프 자작의 두툼한 털과 가죽을 뚫고 상처를 길게 남겼다.

"크르르륵!"

핏물이 튀었다.

"별거 없구만. 자르면 잘리는 걸 보니."

"이 주, 죽일 노옴!"

약간의 소강상태를 거쳐 다시 공격이 시작되었다. 하지만 이번에는 달랐다. 조금씩 불카투스가 공격을 개시했고 종내에는 구즈네프 자작은 피하기 바빴다.

"어떻게 저럴 수가 있지?"

"구즈네프 자작이 밀린다는 말인가?"

"방금 저거. 구즈네프 자작의 손톱을 튕겨낸 거 맞지요?"

기사들과 귀족들은 구즈네프 자작과 대등하게 싸우고 있는, 아니, 오히려 갈수록 구즈네프 자작을 궁지에 몰아넣고 있는 불카투스를 보며 입을 열었다. 실제 불카투스는 상당히 많은 구즈네프 자작의 공격을 허용했다.

하나 구즈네프 자작의 손톱이 그의 신체에 닿을 즈음이면 여지없이 투명한 무언가가 생겨나 그의 손톱을 튕겨 내고 있었다. 보는 사람도 답답할진데 실제 불카투스와 대적하고 있는 구즈네프 자작은 미칠 것 같았다.

'이, 이게 도대체……'

공격이 먹혀들지 않았다. 그리고 자신의 뛰어난 방어력 역시 먹혀들지 않고 있었다. 벌써 상대의 도끼날을 몇 번이나 허용했다. 그중에는 뼈가 보일 정도로 강력한 일격도 있었다. 물론, 자신의 뛰어난 재생력으로 이내 원래의 상태로 돌아왔지만 시간이 흐를수록 재생 속도는 점점 약화되고 있었다.

윤기가 자르르 흐르던 털은 이미 핏물로 인해 축축하게 젖어 있었다. 피를 많이 흘려서인지는 몰라도 그의 호흡은 급격하게 가빠져 오고 있었다.

"후욱! 후우욱! 괴, 괴물 같은 새끼!"

"괴물은 너를 두고 하는 말이다. 누구에게라도 물어봐라. 늑대의 주둥이와 늑대의 털. 그리고 늑대의 손톱과 관절 구조를 가지고 있는 너를 인간으로 부르는지 말이다."

"다, 닥쳐라!"

"이런 어린놈의 새끼들이. 꼭 할 말 없으면 닥치라고 하네? 나이를 처먹었어도 너보다 몇십 배는 더 먹은 나에게 말이야."

"이, 이……"

"죽엇!"

구즈네프 자작이 다른 말을 하기 전에 불카투스가 먼저 움직였다. 이전과는 판이하게 다른 배틀엑스의 파공성이 들려왔다.

구즈네프 자작은 본능적으로 피해야 한다는 것을 깨달았다. 그는 정신없이 뒤로 물러섰다.

하나 상대방의 배틀엑스는 마치 자신에게 연결되어 있는 듯이 정확하게 자신을 쫓아오고 있었다.

"피할 수 있을 것이라 생각하는 것이더냐?"

"이익!"

피할 수 없었다.

'후욱! 믿어보는 수밖에.'

자신의 재생력을 믿어야만 했다. 그는 회피 동작을 멈추고 자신에게 날아오는 배틀엑스를 향해 돌진해 들어갔다. 보통의 기사라면 갑작스러운 돌격에 당황했을 것이나 상대는 보통의 기사가 아니었다.

급격하게 배틀엑스의 방향을 바꾸는 불카투스.

쉬아아악! 콰직!

"크으윽!"

배틀엑스가 구즈네프 자작의 정수리를 쪼갰고, 구즈네프 자작은 팔을 들어 배틀엑스를 막아냈다. 질퍽한 핏물이 사방으로 튀었고, 배틀엑스를 막은 구즈네프 자작의 팔뚝은 거의 베어져 너덜거렸다.

하지만 구즈네프 자작은 자신의 팔쯤은 신경 쓰지 않았다.

단발의 비명을 지른 그는 이빨을 세우고 그대로 앞으로 돌진해 불카투스의 목을 공략해 들어갔다

"개 새끼가 어디서 이빨을 들이밀어?'

콰직!"

"크아악!'

그의 입안으로 배틀엑스가 가차 없이 날아들었다. 아무리 단단한 이빨이라고 하나 무지막지한 힘이 담긴 불카투스의 배틀엑스를 감당하기에는 무리가 있었다. 뼈마디가 부러지고 핏물이 튀며 그의 혓바닥이 절반 이상 잘려나갔다.

그 와중에 본능적으로 물러선 구즈네프 자작.

상처는 아주 서서히 치료되고 있었다. 아니, 재생이라고 해야 맞을 것이다. 하지만 처음과는 전혀 다른 속도. 처음이었다면 이미 재생이 완료되었을 시간이었으나 피를 많이 흘리고 지친 탓에 쉽사리 재생되지 못했다.

"죽어라!'

콰직!

"끄아아악!'

불카투스의 배틀엑스가 구즈네프 자작의 옆구리에 작렬했다. 양날의 배틀엑스 중 하나의 날이 그의 옆구리를 뚫고 들어갔다.

그에 구즈네프 자작이 자신의 허리를 자르고 들어온 배틀

엑스를 손으로 잡아 억제시켰다.

그런 구즈네프 자작을 바라보며 씨익 웃음을 짓는 불카투스였다. 그 순간 구즈네프 자작은 등골이 서늘해지는 감각을 느꼈다. 순간 서서히 도끼날이 전진하는 것을 느꼈다. 아주 느릿하게 자신의 허리를 자르고 파고들고 있었다.

도끼날에는 백색의 오러 블레이드가 시전 되어 있었다. 무엇이든 자르지 못할 것이 없다는 오러 블레이드.

구즈네프 자작의 눈동자가 믿을 수 없다는 듯 커졌다.

"아, 안 돼에에~"

"돼!"

스가가각!

그와 동시에 옆구리의 도끼날이 빛살처럼 빠르게 움직였고, 구즈네프 자작의 목을 또 다른 빛살 하나가 스치고 지나갔다.

파아악!

구즈네프 자작의 허리가 양분되었다. 그리고 암녹색의 핏물이 불출되기 시작했다. 그 순간 모든 것이 끝이 났다. 정적이 감돌았다.

스르르륵!

투욱!

구즈네프 자작의 목이 떨어져 내려 결투장의 바닥에 먼지를 일으켰다. 그에 불카투스는 가볍게 도끼날을 털고 등 뒤로 수납했다. 그는 구즈네프 자작의 목을 발로 툭툭 찼다. 누가 보면 죽은 시신을 농락하지 말라고 했을 것이다.

하나 인간으로 돌아오기도 전에 죽어버린 구즈네프 자작의 신형이었다. 라이칸슬로프 그대로의 모습이라 할 수 있었다. 그는 구즈네프 자작의 시신을 건드리는 것이 아니라 라이칸슬로프의 시신을 건드리는 것이었다.

"저, 저럴 수가……."

"어, 어떻게……."

몇몇 기사들과 귀족들은 지금의 상황을 믿을 수 없다는 듯이 경악을 하고야 말았다. 그것은 결투를 지켜보고 있던 마샬 국왕과 체스터 후작 그리고 에라크루네스 공작 역시 마찬가지였다.

그 순간 에라크루네스 공작의 시선은 바람 소리가 나도록 빠르게 카이론을 향했다. 그의 눈동자는 이미 검은색으로 변한지 오래였다.

'네놈! 저들의 약점까지 알고 있었더냐?'

'모를 것이라 생각하는 것이 더 이상한 일이 아니던가요? 일전에 나파즈 왕국의 병력과 싸운 적이 있지요. 그들 중 절망의 기사들이 있더이다. 저자보다는 강했지요. 그리고 의구심이 들더이다. 어떻게 된 일인가 하고 말이지요.'

카이론으로부터 전해져 오는 의념에 에라크루네스 공작은 아무런 말조차 할 수 없었다.

'그 원류를 찾았습니다. 원류를 찾자 죽일 수 있는 방법이 나오더군요. 아무리 키메라 혹은 흑마법으로 인해 강화된 인간이라고는 하나 목이 잘리면 아무런 소용이 없다는 것을 알겠더이다.'

'네놈이 정녕 내 앞길을 막겠다는 것이더냐?

에라크루네스 공작의 신형에서 넘실거리는 살기가 카이론을 향해 쏘아졌다. 하나 카이론은 무심하게 그 살기를 받아넘겼다.

'설마 제가 이 인원만 대동했다고 생각하는 것은 아니겠지요?

그때 에라크루네스 공작의 어깨에 누군가의 손이 얹어지는 것을 느꼈다. 에라크루네스 공작이 고개를 돌렸다. 그곳에는 체스터 후작이 있었다. 그의 눈동자 역시 검게 물들어 있는 상태. 체스터 후작은 고개를 저었다.

"지금은 때가 아닙니다. 명분과 모든 것을 잃을 수 있습니다."

"운이 좋군."

에라크루네스 공작이 으르렁거리며 카이론을 향해 씹듯이 내뱉었다.

"운이 좋은 것은 북 카테인 왕국이지요. 용서치 않을 것이오."

카이론은 에라크루네스 공작을 무시하고 마샬 국왕을 바라보며 입을 열었다.

"용서? 그럴만한 능력이 되겠소?"

"보이는 것이 다가 아니라는 것을 알게 될 것이오."

"훗! 기다리겠소. 부디 건투를 빌겠소."

마샬 국왕은 예의 미소를 떠올리며 입을 열었다. 카이론은 자리에 일어서며 신형을 돌려세웠다.

"후회하게 될 것이오."

나직하지만 강력한 한마디. 세상 사람들은 두고 보자는 놈 치고 무서운 놈 없다고 하지만 카이론은 그런 일반적인 범주에 있는 사람이 아니었다. 그가 열 명의 호위를 대동하고 진영을 벗어났다.

마샬 국왕은 말없이 그 모습을 끝까지 지켜볼 뿐이었다.

"만만치 않군."

"생각보다 강합니다."

"어찌했으면 좋겠나?"

마샬 국왕의 물음에 체스터 후작은 에라쿠르네스 공작을 바라봤다.

"그는 오로지 내 몫이오."

"그것이 좋겠군."

마샬 국왕은 만족한 웃음을 지었다. 자신의 의도대로 모든 것이 흘러가고 있었다. 이제 이 길고 긴 계략의 끝이 서서히 보이고 있었다.

제3장
에라크루네스 공작

"썩어도 아주 단단히 썩었수. 카테인 왕국이 어째 갈라졌나 의문이 들더만 오늘 보니 딱 알겠습디다."

북 카테인 국왕과의 의미 모를 오찬을 마치고 돌아오는 길에 키튼은 심드렁하게 입을 열었다.

"이제라도 알면 됐다."

"거참. 왜 나한테만 그러쇼."

"죽을래?"

둘의 대화를 들으면 마치 뒷골목 건달들이나 하는 말과 다름이 없었다. 하지만 누구 하나 그들의 대화에 끼어드는 이는 없었다.

"대체 얼마나 오랫동안 준비해야 그렇게 된답디까? 보아하니 병사들까지 모두 어둠의 마법에 의해 개조된 것 같은데 말입니다."

"그나마 슐리펜 공작과 데어셰크가 솎아내서 그 정도일걸?"

키튼과 카이론의 대화에 불카투스가 끼어들었다. 키튼은 불카투스의 말에 그것은 또 어떻게 알았냐는 듯한 눈초리를 보냈다.

"네놈이 관심이 없는 것이다. 모두가 다 아는 일이다."

"정말?"

놀라 주변을 둘러보는 키튼. 그에 다들 고개를 주억거리고 있었다. 그에 키튼은 나직하게 한숨을 내쉬었다. 하기야 자신이 정국이나 소문에 관심이 없는 것은 사실이었다.

"관심을 좀 가져야겠군."

하지만 이내 들려오는 소리에 키튼은 얼굴을 일그러뜨렸다.

"관심을 가지지 않아도 된다."

카이론의 말에 왜 자신한테만 그러냐는 듯이 입을 샐쭉하게 내미는 키튼.

"됐소. 됐어."

키튼은 심드렁하게 입을 열었다. 한 왕국의 국왕을 대하는 그의 태도는 정말 말도 안 되게 예의에 어긋났지만 이 중 그 누구도 그의 행동을 탓하는 이는 없었다.

건방지고 예의 없어 보이지만 카이론에게 있어 키튼은 중요한 존재라는 것을 모르는 이가 없었기 때문이었다.

가장 충직하고 믿을 만한 사람을 꼽자면 단연 키튼 알카트라즈 백작이었다. 기실 그는 백작이라는 작위조차 받지 않으려 했다. 하나 카이론의 한마디에 받아들였다.

"싫으면 빠져."

"쳇! 야박하기는."

구시렁거렸지만 키튼은 백작의 위를 받아들였다.

그러나 백작의 위를 제외하고는 어떤 혜택이나, 어떤 직책조차 받지 않았다.

"나는 국왕 전하의 그림자일 뿐. 그림자에게 무슨 직책이 필요하고 영지가 필요할까?"

단 한마디를 했을 뿐이었다. 국왕과 유일하게 허물없이 지낼 수 있는 자. 그러한 자가 바로 키튼 알카트라즈 백작이었다.

"어쨌든 그 종자들을 싸그리 몰살시켜야 하는 거 아니오? 나파즈 왕국까지 모두 말이오."

"그런 셈이지."

"한데, 고민 좀 되겠소."

키튼의 말에 카이론의 눈썹이 꿈틀거렸다. 카이론의 고개가 느릿하게 돌아갔다. 그때였다.

따악!

"악! 누구야?"

"나다!"

자신의 머리 위에서 들려오는 목소리. 고개를 치켜드니 바로 불카투스가 있었다. 처음과는 다르게 이제는 키튼만큼이나 느물느물해진 불카투스였다.

"아. 왜에에?"

"평소에는 그렇게 눈치가 빠르더니 이럴 때는 또 돌덩이구만."

"뭐? 무슨 소리야?"

"네놈 말은 전하의 아버지 때문이지?"

"그야……"

그제야 뭔가 알겠다는 듯이 슬쩍 카이론을 바라보는 키튼. 카이론과 시선이 부딪혔다. 키튼은 멋쩍게 웃으며 입을 열었다. 카이론은 별말 하지 않았지만 명백하게 불편한 표정이었다.

"험험. 뭐 그렇다는 말이지. 어쨌든……."

"요즘 일이 많아 대련을 좀 쉬었지?"

"쉬, 쉬기는 무슨 말이우? 매일 대련하고 있는 거 모르오?"

"그치들과 말고 나하고 말이지."

카이론의 말에 키튼의 얼굴이 흙빛으로 변했다.

"여기서 할까?"

"바, 바쁜데 복귀한 후에⋯⋯."

"들었지?"

키튼의 말에 카이론은 옆으로 고개를 돌리며 슈바르츠 단장을 보았다. 슈바르츠 단장은 곧바로 허리를 굽히며 우렁차게 입을 열었다.

"명을 받드옵니다."

그의 말에 키튼은 말을 멈출 뿐이었다. 잠시 멍하게 앞질러 가고 있는 카이론과 자신을 제외한 이들을 바라봤다.

"이런 염병!"

*　　　*　　　*

"선제공격을 하자고?"

"그렇소."

두 사람, 아니, 세 사람이 앉아 대화를 하고 있었다. 바로 마샬 국왕과 체스터 후작과 에라크루네스 공작이었다. 하지만 에라크루네스 공작의 폭탄과 같은 발언에 마샬 국왕과 체스터 후작은 안색을 딱딱하게 굳히고 있었다.

"전쟁에도 도의가 있는 법입니다."

체스터 후작이 입을 열었다.

"도의? 전쟁은 승리하기 위해 존재하오. 어떤 수단과 방법을 가리지 않고 승리한 후에 말을 해도 상관없는 법. 저들이 방심하고 있을 이때 공격해야 승기를 잡을 수 있소."

체스터 후작의 말에 단호하게 고개를 저어버리는 에라크루네스 공작이었다.

"지금 공격하면 승리할 수 있다고 생각하는 것이오?"

"그렇소."

"그 말에 책임질 수 있소?"

마샬 국왕의 말에 에라크루네스 공작은 자신만만한 미소를 떠올렸다.

"물론이오."

"군령장을 써야 할 것이오."

"쓰겠소."

거침없었고, 거리낌도 없었다. 오히려 군령장을 쓰라 한 마샬 국왕이 당혹해할 정도였다.

그에 잠시 동안 말을 잇지 못한 마샬 국왕. 그러다 이내 갈라진 목소리로 입을 열었다.

"허락… 하겠소!"

"기대해도 좋을 것이오."

실로 방약무인한 행동이었다. 에라크루네스 공작의 입장에서 자신은 마샬 국왕의 휘하의 귀족이 아니었다. 그의 입장에서 마샬 국왕은 자신과 협력하는 입장이지 누가 위이고 누가 아래고가 없었다.

남 카테인 왕국의 국왕을 만날 때 그가 예를 다한 것은 대외적으로 마샬 국왕은 북 카테인 왕국을 이끄는 자이기에 그랬다. 하나 지금 이 자리는 대외적인 자리가 아니었다. 오직 세 사람만의 자리였으니까 말이다.

하지만 그런 에라크루네스 공작의 태도를 바라보는 마샬 국왕과 체스터 후작은 쉽게 얼굴이 펴지지 않았다. 그 둘은 군령장을 작성하고 자리를 벗어나는 에라쿠르네스 공작의 뒷모습을 침중하게 바라볼 뿐이었다.

"이건… 아닙니다."

그리고 마침내 체스터 후작이 입을 열었다.

그는 이미 마샬 국왕에게 완벽하게 굴복하고 있었다.

"어쩔 수 없지 않은가?"

"이 북 카테인 왕국에 기사가 그 하나만 있는 것은 아닙니다."

"하지만 그보다 강한 이는 찾아볼 수 없네. 또한, 그 스스로 나의 손아귀를 벗어났고, 자신만의 악몽의 기사와 병사들을 거느리고 있네."

"으음……."

마샬 국왕의 말에 침음성을 내는 체스터 후작이었다. 잠시의 침묵이 흐르고 체스터 후작의 입에서 나직하고 은밀한 음성이 흘러나왔다.

"결국 그를 제거하는 것이 최선의 수입니다."

"하지만 어떻게?"

솔깃한 말이었다. 하지만 이미 자신의 통제를 벗어난 에라크루네스 공작이었다. 그런 그를 어떻게 제거한단 말인가? 그를 제거하기에는 위험부담이 너무 컸기 때문이었다.

"이이제이!"

"이이제이?"

"적은 적으로서 제거하는 것입니다."

"하면?"

"남 카테인 왕국에는 일곱 개의 별이 있습니다. 그들이라면 충분할 것이라 판단됩니다."

"쉽지 않겠군."

"애초에 마스터에 오른 이를 어찌해 보려는 것 자체가 무모한 것입니다. 하나 오찬에서 보았듯이 그 바람의 별과 거신의 별은 충분히 그를 감당하고도 남음이 있습니다."

"그가 넘어올 것 같은가?"

"몇 가지 사전 공작을 벌여야만 할 것입니다."

"사소취대라?"

"그렇습니다."

"좋군. 승인하겠네."

"명을 따릅니다."

작전을 승인 받은 체스터 후작은 자리를 벗어났다. 그런 체스터 후작의 뒷모습을 바라보는 마샬 국왕의 얼굴에는 진득한 미소가 떠올라 있었다.

"훗! 마음껏 날뛰거라. 살아 있는 동안 말이다."

에라크루네스 공작은 기고만장하여 모든 것을 자신의 마음대로 할 수 있는 양 행동하고 있었다. 마샬 국왕은 그것을 그대로 두었다. 지금 상황에서 그는 기사와 군부의 절대적인 지지를 받고 있었기 때문이다.

또한 자신은 나파즈 왕국의 왕자라는 약점을 가지고 있었다. 그리고 그것을 벗겨내기 위해 말 같지도 않은 오찬 회동을 하기도 했지만 여전히 자신이 설 자리는 좁았다. 때문에 그는 자신에게 모자란 부분을 에라크루네스 공작을 통해 실현 시키고 있는 것이었다.

'하지만 그것도 이제 끝이다. 비우고 채우면 그뿐이지. 따르지 않으면 제거한다.'

*　　　*　　　*

"어? 저게 뭐지?"

한 병사가 성벽을 순찰하는 도중 저 멀리서 일어나는 흙먼지를 보며 손가락으로 가리켰다.

"흙먼진데?"

"아니, 그거 말고. 저 정도의 흙먼지가 일어나려면……."

"그런… 비상종!"

병사들은 바로 비상종이 있는 곳으로 달려갔다. 그리고 이어지는 거친 비상종 소리.

때대대댕!

급작스러운 비상종 소리에 성은 비상이 걸렸고, 여기저기에서 병사들과 기사들이 무장을 한 채 성벽으로 올라 전방을 주시했다.

"무슨 일인가?"

"저기."

기사의 물음에 비상종을 울린 병사는 손가락으로 자신이 보았던 흙먼지를 가리켰다. 상당히 먼 거리였지만 마치 구름처럼 뭉게뭉게 피어나는 흙먼지. 기사는 알고 있었다. 저 정도의 흙먼지라면 적어도 군마가 1만 이상이라는 것을 말이다.

북 카테인 왕국과 첫 번째 접전 지역이 바로 이곳임을 모르지 않는 기사는 사태가 심상찮음을 느끼고 곧바로 사령관에게 보고를 올렸다. 사령관 역시 성루에 올라 그 모습을 지켜봤다.

사실 믿을 수 없었다.

보통 적이 온다면 이렇게 벌건 대낮에 그것도 마치 보란 듯이 대놓고 먼지 구름을 일으키며 진격해 오지는 않는다.

"속임수일까?"

"정찰을 해봐야 하지 않을까 합니다."

"저 정도의 먼지 구름이라면 전력으로 달려온다는 말과 다르지 않네. 정찰을 보낼 시간이 없을 것이네."

"혹시… 적이 아닐 수도 있지 않겠습니까?"

"적이 아니다?"

"적이라고 하기에는 너무 적나라하지 않습니까?"

"하나 저곳은 아국과 경계지역이고 우리보다 전진해서 배치된 아군은 없지 않은가?"

"그야……."

사령관의 말이 맞았다. 이 성보다 전진해서 배치된 아군은 없는 상황. 더군다나 먼지 구름이 일어나고 있는 지역은 이제는 적국이 되어버린 지역이라 할 수 있었다. 그리고 이 전방지역은 그 어떤 장애물도 없었다.

청야 전술로 무려 종횡으로 40킬로미터 가까운 지역이 폐

허가 되었다. 그런데 그런 작전은 신경 쓰지도 않는다는 듯이 군마를 일시에 몰아 곧바로 이 크림 성으로 진격해 들어오고 있는 것이었다.

"결국… 자신감이거나 혹은 무시겠지."

"그렇… 겠군요."

"바로 전투 준비에 돌입한다."

"명!"

사령관의 목소리가 날카로워졌고, 사령관의 판단이 타당하다고 판단한 부사령관 역시 나직하게 깔린 목소리로 명을 받았다. 적에게 무시당했다는 것만큼 자존심 상하는 것은 없었다. 자신들이 최전방에 배치되었다는 것은 그만큼 자신들의 실력이 다른 이들보다 낫다는 것이니까 말이다.

하지만 크림 성의 사령관으로 임명되어 작전을 수행하고 있는 해밀턴 대령은 불안감을 느끼고 있었다. 무언지 모를 불안감에 점점 커져 오고 있는 먼지 구름을 바라볼 뿐이었다.

'도대체 이 불안감은 무엇인가? 이럴 때 그라면 어떻게 했을까?'

불현듯 그의 뇌리에 떠오르는 한 사람이 있었으니 바로 남카테인 왕국의 국왕이 된 존재. 카이론 에라크루네스였다.

과거 6특전사의 동료였던 자. 담대하기 이를 데 없었던 자. 그라면 지금 이 상황에서 어떤 판단을 내렸을까?

도무지 알 수 없었다.

'최선을 다할 수밖에.'

적에 대한 어떤 단서도 없다. 심지어 저 먼지 구름이 적인지 아군인지 판단조차 서지 않았다. 하지만 이 근거 없는 불안감은 끊임없이 자신에게 위험하다는 경종을 울리고 있었다.

"적이다!"

누군가 외쳤다. 그랬다. 이제는 육안으로도 확연하게 볼수 있는 적의 인장기였다. 그 선두에 서 병력을 이끌고 있는 이들까지 모두 확인할 수 있을 정도였다.

"궁병! 준비이!"

장궁병이 활에 화살을 쟀다. 그리고 활시위를 한껏 당겼다.

"쏴라!"

쉬시시싯!

수백수천의 화살이 허공을 날았다. 허공을 새까맣게 물들일 정도로 말이다. 그리고 다시 화살을 재고 다시 화살을 날리고, 그 연속 동작은 파도치듯이 계속 이어졌다. 하나 온통검은색의 풀 플레이트를 입은 적들은 그런 화살에도 아랑곳하지 않고, 진격해 들어오고 있었다.

투다다닥!

단 한 발의 화살도 그들을 어찌할 수 없었다. 튕겨 나가거나 빗맞았다. 또한 그들이 타고 있는 전투마마저도 철갑을 둘러 화살을 튕겨 내고 있었다.

"저, 저게…….."

당황스러운 목소리가 흘러나왔다. 화살이 통하지 않는 적이라니. 이게 도대체 말이 되느냐 말이다. 하지만 어쩔 수 없었다. 지금 상황에서는 화살이 떨어지는 한이 있더라도 쏴야만 했다. 화살이 날아가고 발리스타가 날았다.

그러나 그 어떤 것도 그들의 진격을 막아낼 수 없었다. 경악했다. 하지만 멈출 수 없는 일. 끊임없이 화살을 쏘아대고 발리스타를 날렸다. 그리고 사거리에 들자 각 성마다 배치된 마법 병단이 마침내 마법을 난사하기 시작했다.

마법을 복원하기는 했으나 고대 시대나 신화시대처럼 자유자재로 마법을 사용할 수 있을리는 만무했다. 때문에 사거리 면에서 궁병보다 훨씬 짧을 수밖에 없었고, 그 마법의 종류도 다양하지 못했다.

하지만 분명한 것은 여타 지역에서 작전에 투입하지 못한 마법 병력을 실제 작전에 사용했다는 것은 실로 대단한 일이라고 할 수 있었다. 그리고 전혀 마법을 염두에 두지 않고 있던 적들은 당황할 수밖에 없었다.

"타올라라 마나의 힘이여! 모여들어 그 모습을 드러내라!

뜨거운 불꽃! 파이어 볼(Fire Ball)!"

"마나의 힘이여 적을 묶어라. 바인드(Bind)!"

"가장 빠르고 강력한 힘. 적을 꿰뚫는 창이여! 이곳에 현신하라! 정화의 힘! 라이트닝 랜스(Lighting Lance)!"

마법은 확실히 효과가 있었다. 화살이나 기타 물리적인 공격에 완벽하게 대비한 듯했지만 마법앞에서는 무용지물이었다.

"크하아악!"

푸화악! 콰아앙! 빠지직!

말이 울부짖고, 달려오던 기사들이 말에서 떨어져 불타오르고 시꺼멓게 타들어 갔다. 그럼에도 불구하고 그들은 진군을 멈추지 않았다.

그리고 그 선두에 선 자.

그자는 마상에 있던 긴 창을 뽑아 들었다.

"크크큭! 죽는 거다!"

쉬아아악!

뒤로 한껏 젖힌 뒤 거침없이 창을 던졌다. 그가 던진 창은 거리와 무게를 무시했다. 거의 몇 킬로미터나 떨어져 있음에도 불구하고 무서운 속도로 날아간 창은 크림 성의 성문을 그대로 직격했다.

콰콰가가강!

폭발음이 터져 나왔다.

"저, 저……."

"저게 대체 무슨……."

"괴, 괴물이로군."

성벽에서 그것을 지켜보고 있던 병사들과 기사들 모두 아연실색한 표정이 되었다. 어찌 인간의 힘으로 몇 킬로미터나 떨어진 곳에서 창을 던져 두껍디두꺼운 성문을 박살 낼 수 있단 말인가?

"공격하라! 공격하라~"

"한 놈도 접근하지 못하도록 하라~"

"활을, 활을 쏴라!"

"성문을 보수하라!"

여기저기에서 난리가 났다. 빠르게 명령을 내리고 병사들을 다독인 해밀턴 대령. 그는 최초 자신이 가졌던 불안감의 정체가 점점 그 실체를 드러내기 시작하자 등골이 서늘해지며 전율이 일기 시작했다.

'대체 누구냐. 누구이기에 그 먼 거리에서 창을 던져 낼 수 있는 것이냐?'

궁금했다. 적에 대한 정보가 하나도 없었다. 그리고 가장 선두에 펄럭이고 있는 인장기조차 전혀 처음 보는 것이었다.

검붉은 천에 뿔이 달린 악마의 형상을 한 인장기. 약간 먼 거리임에도 불구하고 안력을 돋우자 인장기가 확연하게 보였다.

전혀 처음 보는 인장기에 들어 본 적 없는 북 카테인 왕국의 전투부대. 그러하기에 더욱더 등골이 서늘해짐을 느낄 수밖에 없었다.

자신이 느끼는 이런 감정이 병사들에게는 공포가 된다. 그것을 너무나도 잘 아는 해밀턴 대령이었다.

"전투 준비!"

"전투 준비이~ 전투 준비이~"

해밀턴 대령의 말에 기사들은 바쁘게 외치기 시작했고, 병사들은 자신의 공포를 털어내기라도 하듯이 발악적으로 움직이기 시작했다.

적군은 아직 제대로 된 공격조차 하고 있지 않았다. 그저 화살을 막고 마법 공격을 그대로 받아내면서 쉴 새 없이 자신들이 있는 크림 성으로 진격해 들어오고 있을 뿐이었다.

각종 화살과 발리스타의 공격 혹은 마법 공격에도 불구하고 비명조차 지르지 않고 진격해 들어오는 그들에게서 풍겨 나오는 기세에 압도당한 병사들은 공포에 사로잡혀 있었다.

마치 지옥의 악마군단이 밀려 오는 것과 같은 느낌이었다.

'그렇군. 그들이 바로… 악몽의 기사단이로군.'

해밀턴 대령이 그것을 깨닫는 순간 그들은 어느새 네 갈래로 나뉘어 크림 성의 모든 것을 파괴하고 전멸시킬 듯이 사대 성문을 향해 짓쳐들어오고 있었다.

쾅가가강!

이미 부서진 크림 성의 북문을 제외한 나머지 서문, 동문, 남문이 차례대로 박살 났다. 따로 공성 장비를 사용한 것도 아니었다. 그저 가장 선두에 선 기사가 도끼를 혹은 할버드를 또는 플레이를 가볍게 휘둘렀을 뿐이었다.

그 가벼운 휘두름에 마치 종이장인 마냥 박살이 나 부서져 내린 세 곳의 성문이었다.

"나, 남문이⋯⋯."

"지급입니다아~ 동문이 뚫렸습니다."

"지급! 지그읍! 서, 서문이 뚫렸습니다."

거의 동시에 세 마디의 외침이 들려왔다. 해밀턴 대령의 안색은 딱딱하게 굳어져 갔다. 헬름을 깊숙이 눌러쓴 해밀턴 대령의 이마에서 굵은 땀방울이 흘러내리기 시작했다.

"키슬링 병단장."

"명을!"

"지금부터 모든 전투를 마법 크리스탈에 담는다."

"하나⋯⋯."

그때 해밀턴 대령이 차분하게 가라앉은 눈으로 키슬링 마법 병단장을 바라봤다.

"아쉽지만 이 전투는 승리할 수 없네."

"어찌 그런."

해밀턴 대령의 말에 키슬링 마법 병단장은 안색을 굳히며 반론을 제기하려 했다. 하지만 이미 해밀턴 대령의 시선은 그에게 있지 않고, 끊임없이 밀려들고 있는 적군을 향하고 있었다.

"적 병력은 1만 5천가량. 그중 기사로 보이는 자 1천. 나머지는 모두 경장기병. 흑색 마갑에 흑색의 풀 플레이트 메일. 그 선두에 선 자는……."

말을 잠시 멈춘 해밀턴 대령이었다.

"페테스브루넌 에라크루네스 공작!"

"그런……."

마법 병단장이 화들짝 놀랐다. 적국의 공작이자 총사령관. 그러한 자가 직접 1만 5천의 병력을 이끌고 크림 성을 공략하는데 나섰다. 순간 마법 병단장은 다른 한 명을 떠올렸다.

'이건 마치 국왕 전하의 모습을 보는 것 같지 않은가…….'

이제 알 만한 사람들은 다 안다. 페테스브루넌 에라크루네스 공작과 카이론 에라크루네스 국왕 전하와의 관계를 말이다.

그리고 또 하나 현 남 카테인 왕국의 국왕의 친부인 그는 절대 손을 대지 말았어야 할 어둠의 마법에 손을 댄 것으로 알려져 있었다.

이미 어둠의 마법에 대해 남 카테인 왕국의 모든 기사들이나 귀족들이 알고 있는 상황이었다. 하지만 어둠의 마법이 대체 얼마나 저들을 잠식하고 있는지는 알 수 없는 상황이었다.

그런데 바로 오늘 1만 5천에 이르는 어둠의 기사와 어둠의 병사를 볼 수 있었다. 비록 4서클이지만 키슬링 마법 병단장은 단박에 알 수 있었다. 기사들은 어둠의 기사가 되었고, 경장기병으로 알려진 병사들은 키메라로 이루어져 있다는 것을 말이다.

그제야 키슬링 마법 병단장은 해밀턴 대령의 말이 무엇을 뜻하는지 알아차릴 수 있었다. 그는 죽음을 직감한 것이었다. 저들은 이 크림 성에 있는 단 한 명도 살려두지 않을 것이다. 전쟁에 있어서 공포라는 것은 가장 훌륭한 전략이니까 말이다.

그리고 그 희박한 가능성 속에서 해밀턴 대령은 자신을 택한 것이었다. 살아서 마법 크리스탈을 전하는 사람으로서 말이다. 이곳 크림 성에 있는 30여 명의 마법 병단원 중 가장 실력이 뛰어나고 살아남을 가능성이 가장 높은 자가 바로 키슬링 병단장이니까 말이다.

"명을… 받겠습니다."

"부탁하네."

키슬링 병단장은 자리를 벗어나 크림 성의 가장 높은 종탑으로 올랐다. 이곳이라면 크림 성 내에 벌어지는 모든 것을 한눈에 관조할 수 있고 모든 정보를 담기에 충분했다. 그리고 그 이전에 키슬링 병단장은 자신의 품속을 한 번 만졌다.

얇은 스크롤이 손에 잡혔다. 바로 비상시에 탈출용으로 사용할 수 있는 텔레포트 마법 스크롤이었다. 해밀턴 대령이 자신에게 최후를 맡긴 이유도 바로 자신이 이 비상 탈출용 마법 스크롤을 가지고 있다는 것을 알기 때문일 것이다.

"부디 행운이 깃들기를……."

그 말과 함께 그는 품속에서 크리스탈을 꺼내 스펠을 웅얼거리듯이 읊조렸다. 무색투명하던 크리스탈에 녹색의 빛이 흘러나오더니 순식간에 사라지고 허공에 둥실 떠올랐다.

"영상 저장!"

콰아아앙!

"끄아아악!"

"괴, 괴물이다!"

키슬링 병단장이 외치자마자 크림 성은 거대한 폭음과 함께 비명 소리로 가득찼다. 특히 병사들의 찢어질 것 같은 비명은 절로 모골이 송연해질 정도였다.

크와아앙!

인간의 형체를 한 적국의 키메라가 날카로운 송곳니를 드러내며 한 명의 병사의 목을 물어뜯었다.

"끄륵! 끄륵!"

목을 물어뜯긴 병사는 비명조차 지르지 못한 채 흰자위를 보이며 절명하고 말았다.

와드드득!

적국의 키메라 병사는 그대로 병사의 목을 물어뜯었다. 핏물이 솟구치고 키메라 병사의 입은 검붉은 핏물로 물들었다.

"으적! 으적!"

키메라 병사는 뜯어낸 살점을 씹어먹었다.

"이이… 미친 새끼들!"

"죽어! 죽으란 말이다!"

그 진저리 쳐치는 모습에 크림 성의 병사들은 미친 듯이 검을 휘두르고 창을 찔러 넣었다.

하나 찔러도 뚫리지 않았으며, 베어도 잘리지 않았다.

턱!

오히려 무섭게 찔러간 창을 덥석 움켜 잡아버리는 키메라 병사였다.

"크크큭!"

"이익! 놔! 놔라!"

크림 성의 병사는 용을 써서 창을 빼내려 했다. 하나 이미 인간의 신체 조건을 훌쩍 뛰어 넘은 키메라 병사의 힘을 당해낼 재간이 없었다. 그 순간 키메라 병사의 핏물로 물든 입이 기묘하게 일그러졌다. 보지 않아도 느낄 수 있었다.

키메라 병사는 발악을 하고 있는 병사의 모습에 쾌감을 느끼고 있는 것이었다. 오로지 하나의 명령에 충실하고 인성이 마비되었다고는 하지만 기본적으로 피에 반응하는 그들.

그들에게는 지금이 상황이 지극한 쾌락이 되고 있었다.

비릿한 피 냄새와 진득하게 달라붙는 살기와 공포에 찬 목소리가 말이다.

"크와아악!"

키메라 병사는 창대를 그대로 들어 올렸고, 이내 사방으로 휘둘렀다. 창대를 잡은 병사는 이리 부딪히고 저리 부딪혔다. 팔이 꺾이고 뼈가 부러졌으며 목이 돌아갔다. 하지만 병사는 창대를 놓지 않았다.

이미 절명했음에도 창대를 부여잡고 있는 것이었다.

그러다.

뿌득!

팔과 신체가 분리되었다. 비명은 없었다. 이미 죽었기 때문이었다. 그에 키메라 병사는 마치 쓰레기 버리듯 병사를 던져 버리고 또 다른 먹잇감을 찾아들었다.

"악마 같은 새끼들!"

기사가 검을 휘둘렀다.

샤가가각!

키메라 병사의 가죽이 뼈가 보일 정도로 베어졌다. 검붉은 색의 핏물이 아닌 검녹색의 핏물이 진득하게 흘러내렸다.

"크카칵!"

충격이 없을 수는 없을 것이다. 아무리 키메라라고 하지만 고통까지 느끼지 못하는 것은 아니었으니까 말이다.

하지만 그 지독한 고통은 오래가지 않았다. 뼈가 보일 정도로 깊게 패인 상흔은 불과 5분이 채 지나지 않아서 완벽하게 재생되고 있었으니 말이다.

"크르르. 죽.인.다."

살의로 번뜩이는 눈동자.

키메라 병사가 자신의 등판을 벤 기사를 향해 날카로운 이빨을 드러냈다.

"인간도 몬스터도 동물도 아닌 것들. 죽어라!"

기사가 대지를 박차고 뛰어올랐다. 그 일련의 동작은 그야말로 기쾌하여 절대 아무나 감당할 수 있는 수준이 아니었다. 비록 마나를 다룰 수는 없지만 그 기세는 이미 상당한 시간 동안 고련한 흔적이 역력했다.

스격!

허공으로 뛰어 올라 머리를 막아내는 것을 피하고 그대로 목을 베어버린 기사. 하지만 완벽하게 베어내지는 못했다. 절반 정도 베어내다 마치 무언가에 막힌 듯 빗겨내며 뒤로 밀려나는 기사였다.

투국!

"커헉!"

그가 튕기듯 물러날 때 목을 절반쯤 잘린 키메라 병사가 마치 실로 연결된 것처럼 그를 향해 쇄도 하더니 날카롭게 자라난 손톱을 그대로 기사의 심장에 꽂아넣었다.

퍼걱!

풀 플레이트 메일 따위는 키메라 병사의 날카로운 손톱과 힘에는 무용지물인 듯했다. 마치 가벼운 천 조각을 꿰뚫듯 기사의 심장을 관통해 들어가는 키메라 병사의 손.

"크르륵! 큭. 큭!"

비웃었다. 기사는 전신을 부들부들 떨며 키메라 병사의 그 모습을 바라봤다. 키메라 병사의 손이 기사의 면상을 그대로 움켜쥐었다. 그리고 심장에 박아넣은 손을 빼냈다.

쑤욱!

"꺽!"

기사의 신형이 부들부들 떨렸다. 키메라 병사의 손에 들린 것은 기사의 심장이었다. 키메라 병사는 망설이지 않고 기사의 심장을 입으로 가져갔고, 씹어 삼켰다. 그에 느릿하게 진행되던 목의 재생이 급속하게 빨라졌다.

"크큭! 크카카칵!"

고개를 쳐들며 크게 웃었다. 그리고는 기사의 머리를 잡고 주변의 적들을 향해 휘둘렀다. 무기가 따로 있는 것이 아니었다. 병사들은 그렇게 죽어가고 있었다. 검도, 창도 통하지 않는 키메라를 향해 섶을 지고 뛰어드는 부나방처럼 날아들었다.

그것은 기사들이라고 해서 다르지 않았다.

"죽엇!"

스가가각!

기사 한 명이 검에 마나를 실어 어둠의 마법에 잠식된 기사들의 허리를 잘라냈다. 분명 손에 전해지는 감각이 있었다. 하나 자신의 검이 미끄러지고 있었다. 악몽의 기사의 칠흑의 풀 플레이트 메일을 잘라내는 데에는 성공했지만 가죽을 뚫고 들어가는 데는 실패한 것이었다.

"미친!"

그 말 밖에 흘러나오지 않았다.

"크큭! 겨우 이 정도인가? 실망이로군."

키메라로 이루어진 병사들과 다르게 어둠의 마법에 물든 기사들은 달랐다. 기본적으로 피와 살육을 갈망하지만 적어도 그들은 이성을 가지고 있었다.

"대체, 대체 왜?"

"강해지고 싶으니까."

"그렇게 강해져서 과연 인간이라 할 수 있나?"

"하면, 내가 인간으로 보이지 않나?"

기사의 물음에 악몽의 기사 역시 답을 했다. 기사는 물끄러미 악몽의 기사를 바라봤다. 다르지 않았다. 완벽한 인간의 모습. 물론, 풀 플레이트 메일로 전체를 다 감싸고 있으니 그 진실한 모습을 볼 수 없기는 했다.

그러나 인간처럼 행동했고, 이성을 가지고 있었다. 뭐가 다를까? 키메라 병사들처럼 인간의 피륙을 씹어먹지도 않는다. 단지 인간의 피를 원할 뿐이었다. 아니, 다른 것이 또 하나 있었다. 기사의 시선이 악몽의 기사 발치를 바라봤다.

스스슷!

미세한 소리와 함께 그 기사를 중심을 핏물이 모여들고 있었다. 그리고 흡수되고 있었다. 기사에게로 말이다. 아니 그것이 흡수인지는 모르겠다. 단지 그의 발치로 모여든 핏물이 사라지고 있었으니까 말이다.

"피를 먹는군."

"다른가? 인간도 피를 마시지 않는가?"

"사람의 피는 아니지."

"크큭! 그도 그렇군."

인정해 버렸다. 하지만 달라질 것은 없었다.

"알았으면… 죽어라!"

악몽의 기사의 도끼가 움직였다. 기사는 검을 들어 비껴 막아 도끼를 흘리려고 했다.

하지만.

서걱!

도끼는 비껴가지 않았다. 기사가 들어 막은 검과 함께 기사의 머리까지 사선으로 잘라 버렸다.

스르륵. 툭!

뒤늦게 핏물이 악몽의 기사의 얼굴을 덮었다. 기사는 핏물을 피하지 않았다. 아니 오히려 혀로 얼굴에 묻은 핏물을 핥았다.

"크큭. 신선하군. 이 맛이지. 조금 더, 조금 더 강해졌군."

그들은 강해지기 위해서 끊임없이 인간의 피를 탐해야 했다. 그것을 제외하고는 어떤 제약도 없었다. 강해지는데 인간의 피쯤은 아주 간단한 재료이지 않은가? 악몽의 기사는 조금 더 강력해진 자신에 만족해하며 다음 먹잇감을 찾았다.

카아아앙!

"후우욱!"

터더더덕!

그리고 그 전장의 중심에 한 명의 흑의 기사와 한 명의 은빛 기사가 검격을 나누고 있었다. 하지만 그저 보기에도 은빛 풀 플레이트를 입은 기사가 압도적으로 밀리고 있었다. 그들은 바로 페테스브루넌 에라크루네스 공작과 해밀턴 대령이었다.

해밀턴 대령은 경악할 수밖에 없었다. 이미 자신은 6특전 여단에 있었을 때에도 익스퍼트 중급이었다. 그리고 끊임없는 부단한 노력 끝에 상급에 올라섰다. 감히 자신의 검을 받아낼 수 있는 존재는 몇 없다고 자부할 수 있었다.

그런데 이건 뭔가? 자신은 상대조차 되지 않았다. 마치 어린아이와 어른이 싸우는 것 같지 않은가?

"어떻게……."

"이럴 수 있냐고? 세상에 네가 최고라고 생각하지는 마라."

"그렇게 생각하지 않는다. 하나 내가 아는 페테스브루넌 에라크루네스는 겨우 익스퍼트 하급이었다."

"크큭! 웃기는군. 카이론이 말하지 않던가? 난 어둠의 힘을 나의 것으로 만들었다고?"

"대체 얼마나 많은 목숨을 제물로 바친 것이냐?"

어둠의 마법이란 반드시 제물이 필요했다.

그 제물의 기본은 바로 살아 있는 인간 혹은 인간의 피다. 힘을 얻는 대가라는 것이다. 익스퍼트 상급인 자신을 가지고 놀 정도의 힘이라면 최하 최상급.

하나 지금 보기에 그는 이미 마스터에 올랐음이 분명했다.

"목숨? 뭐 꽤 되지?"

"미친놈."

"크큭! 그래 난 미쳤지. 그 덕분에 이 강력한 힘을 가진 것이 아니더냐?"

"자신의 노력이 아닌 타인의 목숨으로 강력한 힘을 가진 것이 자랑이더냐?"

"왜? 왜 그러면 안 되는데? 안 될 이유가 있나? 귀족들은 자신들의 권력을 강화하기 위해 수천, 수만의 영지민을 쥐어짠다. 그것과 내가 다른 것이 있나? 나는 그들의 고통의 시간을 조금 더 덜어줬을 뿐이다. 귀족들보다 자비로운 것이지."

"미, 미친……."

"왜? 할 말이 없나? 크큭! 그럴 것이다. 내 말은 진리거든?"

"죽엇!"

말이 통하지 않음을 알 수 있었다. 그는 힘에 제압당했다. 자신이 가진 힘에 취해 모든 것을 정당화시킨다. 그는 스스로 힘이 없음은 죄악이라고 생각하는 자이니까. 지극히 동물적인 본성이었다.

약육강식과 적자생존.

하지만 중요한 것은 생존을 위해 죽이는 것이 아니라 자신의 쾌락과 강해짐을 위해서 죽인다. 그래서 그는 어둠에 잠식되어 있고, 이미 인간이 아니라는 것이었다.

말 할 가치나 논할 가치조차 없었다. 해밀턴 대령은 양손검에 오러 얀을 시전한 뒤 에라크루네스 공작을 향해 쇄도해 들어갔다. 그런 해밀턴 대령의 발악을 마치 즐기듯이 바라보는 에라크루네스 공작.

스각.

"후욱!"

뜨끔한 무엇이 해밀턴 대령의 감각에 걸렸다. 에라크루네스 공작은 단칼에 해밀턴 대령을 죽이지 않았다. 풀 플레이트 메일과 그의 살점을 도려내 피를 냈다. 그리고 자신의 병기에 묻은 피를 혀로 핥았다.

"신선하군. 역시 상급 기사의 피라서 그런가? 병사들보다 피 맛이 좋군."

해밀턴 대령이 다시 움직였고, 그의 몸에는 또다시 하나의 상흔이 생겼다. 그리고 핏물이 흘렀으며 여전히 병기에 묻은 핏물을 핥는 에라크루네스 공작. 그러한 일련의 전투는 계속되었다.

1분이 지나고 10분이 지나도록 말이다.

"쿠흑! 후욱! 후욱!"

마침내 해밀턴 대령이 튕겨 나가며 거친 숨을 내쉬었다. 그의 모습은 이미 혈인이나 다름 없었다. 머리에서부터 발끝까지 피가 흐르지 않는 곳이 없었으며, 빼곡하게 자리 잡은 검상까지.

"향긋하군. 안타깝지만 이제 끝을 내야 하겠군."

"누구 마음대로!"

"내 마음대로!"

쉬칵!

에라쿠르네스 공작의 신형이 흐릿해졌다. 그 순간 해밀턴 대령의 신형은 그대로 굳어졌다. 그의 바로 앞에 에라쿠르네스 공작이 있었다. 해밀턴 대령은 무언가 말을 하려는 듯 입술을 달싹였지만 그 입 밖으로는 어떤 말도 흘러나오지 않았다.

"죽는 거 별거 아니야. 대신 나에게 너의 힘을 주고 가는 것이니 아쉬워하지는 말라고."

그러면서 에라크루네스 공작은 입을 벌렸고, 해밀턴 대령의 입속에서는 무언가 칙칙하고 진득한 검은 연기와 같은 것이 에라크루네스 공작의 입으로 스며들었다. 그와 함께 해밀턴 대령의 얼굴이 점점 말라가기 시작했다.

마치 미이라처럼 말이다. 뼈에 가죽을 덮어 놓은 것 같은 형상. 하나 이내 그것마저 무너져 내리기 시작했다.

전장에 부는 바람에 해밀턴 대령의 신형이 가루가 되어 흩날렸다.

"크흐흐흐. 좋군."

그러면서 전장을 둘러보는 에라크루네스 공작. 이미 전투는 일방적으로 변해 있었다. 그리고 전장에는 차마 눈으로 보고 입에 담을 수 없을 정도의 처참한 지경이 펼쳐지고 있었다.

"크흐흐. 포로는 없다. 피를 마시고, 뼈를 부숴라!"

"크하하하!"

"크카카캇!"

가장 높은 종탑에서 마법 영상으로 그 모든 것을 담고 있는 키슬링 마법 병단장. 그의 눈은 부릅떠져 있었다.

주르르륵.

그의 눈가는 찢어져 핏물이 베어나고 있었다.

"자, 잔인한 놈들."

그들은 크림 성 내에 있는 모든 생명체를 말살하고 있었다. 인육을 즐기고 피를 마셨다. 남녀노소를 따지지 않았다. 이것은 피의 제전이었다.

"후.회.하게 될 것이다."

키슬링 마법 병단장은 씹어삼키듯 독백을 흘려냈다. 그리고 마법 영상을 저장한 크리스탈을 회수하고 품속의 스크롤을 꺼내 찢어냈다.

"텔레포트!"

밝은 빛이 터져 나왔다. 그리고 그 빛이 잦아들 때쯤 키슬링 마법 병단장은 그 자리에 없었다.

그리고!

파캉!

그가 사라진 자리에 박힌 한 자루의 장검. 그와 함께 모습을 드러낸 자는 바로 에라크루네스 공작이었다. 그는 주변을 한 번 쓱 훑어보았다.

"조금 늦었나? 뭐 상관없겠지. 크흐흐."

에라크루네스 공작은 나직하게 웃었다. 그는 한 명 정도는 아무런 상관없다는 표정이었다. 아니 오히려 좋았다. 이 상황을 알릴 존재가 있으니 말이다. 그는 말없이 가장 높은 종탑에서 크림 성 내부를 내려다봤다.

크림 성은 완벽하게 자신의 손에 함락되었다. 살아남은 자는 마법 스크롤을 이용해 이곳을 벗어난 단 한 명을 제외하고는 없었다. 완벽한 섬멸.

"크크큭! 섬멸이라는 것은 이런 것이지. 그리고… 공포라는 것 또한 이런 것이고 말이지."

그는 자부심 가득한 눈으로 성내를 둘러보았다. 괴물들의 잔치가 벌어지고 있었다. 피범벅이 된 병사들과 기사들. 그들은 인간의 살점을 뜯어 잘라진 가죽을 재생시켰으며, 인간의 피를 마셔 더욱 거대하게 변해갔다.

이곳은… 지옥이었다.

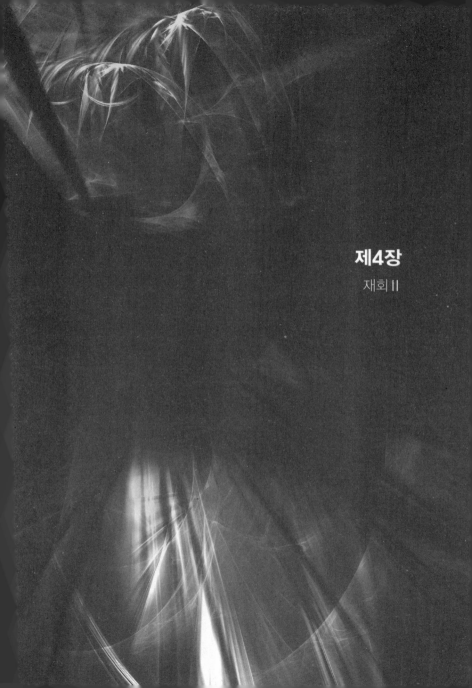

제4장

재회 II

Warrior

　"나를 부르고 있군."

　"…그렇습니다."

　카이론의 말에 라마나는 잠시 뜸을 들인 후 입을 열었다.

　'말려야 한다.'

　그렇게 생각했다. 하지만 그의 뇌리를 가득 채운 그 단어는
결코 밖으로 흘러나오지 않았다. 그것은 바로 무섭도록 냉정
해져 있는 카이론의 모습 때문이었다. 냉정을 넘어 차가운 분
노가 넘실거리고 있었다.

　"원한다면 응해줘야겠지."

"하나……."

"지금이 아니면 다시는 기회가 없을 것이야."

"……."

카이론의 말에 라마나는 다시 입을 닫았다. 지금 에라크루네스 공작은 카이론을 그대로 따라 하고 있었다. 카이론이 그랬던 것처럼 자신만의 부대를 대동했고, 공포를 안겨주고 있었다.

크림 성의 전투에서 유일하게 살아남은 키슬링 마법 병단장이 전해준 마법 영상을 본 후 충격을 감당하기 쉽지 않았다.

그들은 인간이 아니었다. 그들은 말 그대로 괴물이었다.

"그런 잡종 놈들을 살려두기에는 문제가 많지."

그때 키튼이 진득한 살기를 뿜어내며 말했다. 인간이 인간을 먹는다. 인간의 이지를 상실케 하고 괴물로 만들어 인간의 피와 살점을 먹게 한다. 이것은 도저히 용납할 수 없는 죄악이라 할 수 있었다.

"크크큭! 그놈들. 내 동족을 멸족시킨 놈들이지."

그중 특히 불카투스의 살기는 카이론과 키튼을 압도할 정도였다. 멸족해 버린 타이탄 족. 그 중심에 바로 흑마법사들이 있는 것이다. 그리고 마법 크리스탈에 담겨져 있는 영상에 그 흑마법으로 만들어진 마물들이 있었다.

자신의 동족을 멸족시킬 때의 머리를 으깨지 않는 한 죽여도 죽지 않고 다시 되살아나는 어둠의 마물들. 순간 불카투스는 주체할 수 없는 살의가 치솟아 오름을 느꼈다.

턱!

그때 그의 어깨에 올려진 손이 있었다. 살의로 충혈된 불카투스의 시선이 그 손의 주인에게로 향했다.

키튼이었다.

그는 고개를 저으며 입을 열었다.

"분노는 여기에서 터뜨리는 것이 아니지. 그놈들에게 터뜨려야지. 우선은 저놈들부터 시작해서 저놈들의 우두머리까지 말이지."

"…그래, 그렇군."

키튼의 말에 불카투스가 무겁게 고개를 끄덕였다. 분노를 참을 길은 없었다. 하나 지금은 분노를 터뜨릴 때가 아니었다. 자신이 분노를 터뜨려야 할 곳은 바로 저 괴물들이 있는 곳과 저들을 만들어낸 놈들이 있는 곳이었다.

"그렇다면 정리되었군."

그때 카이론이 입을 열었다.

"직접… 가실 요량이십니까?"

"부르는데 가야지."

"위험할 수도 있습니다."

"위험하지 않은 전쟁이 있던가?"

"…없습니다."

라마나가 마지못해 답을 했다. 말리고 싶었지만 말릴 수 없음을 안다. 그러함에도 선뜻 찬동할 수 없었다. 그런 라마나의 마음을 잘 안다는 듯이 입을 여는 카이론이었다.

"무슨 생각을 하는지 안다. 하지만 이 왕국에서 가장 강한자가 나이고, 권력의 정점에 있는 자가 바로 나이다. 또한 나의 강압에 의해 머리를 숙이고 있는 자가 있음도 안다. 그들을 걱정하는 것이겠지."

"그렇습니다. 외견상 안정되었다고는 하나 그것은 국왕 전하와 국왕 전하를 따르는 자들의 강력한 무력에 의한 것입니다."

"나도 안다."

"그런 상황에서 국왕 전하께옵서 자리를 비우신다면 또다시 분열될 수 있는 단초를 제공할 수도 있습니다."

"물론, 그렇겠지. 하지만 가지 않을 수 없다는 것도 알 것이다. 가지 않는다면 그들은 그것대로 손가락질할 것이다. 대체로 뒤에서 욕하는 자들은 발전을 위한 비판을 하는 것이 아닌 오로지 헐뜯기 위한 비판을 하는 자들이니까 말이다."

돌려서 말하기는 했지만 이미 역심을 품고 있는 자는 자신이 어찌하든 그것에 대해 꼬투리 잡을 거라는 것이다. 또한, 지금의 발언으로 카이론은 여전히 그런 자들과 타협할 여지가 없음을 피력한 것이라 할 수 있었다.

안타깝지만 라마나 역시 인정하지 않을 수 없었다. 지금에 와서 그들과 타협한다면 죽도 밥도 안 된다는 것을 알기에 말이다.

"그들을 제외한다면 현재 남 카테인 왕국을 위협할 수 있는 존재는 없다고 생각한다. 그 수가 30만이 되었든 40만이 되었든 말이지."

이것은 자만이 아니었다. 실제 카이론이 이끄는 예니체리 부대가 아니라 하더라도 남 카테인 왕국군은 북 카테인 왕국군과 접전을 벌여 단 한 번도 패하지 않았다.

카테인 왕국이 둘로 쪼개지기 전에는 물론이요, 둘로 나뉘고 국지전이 벌어지는 상황에서도 말이다.

남 카테인 왕국의 병사들은 목적이 있었다.

살아야 한다는 목적 말이다. 물론, 누구나 다 같은 입장일 것이다. 사람이라면 다 살고 싶으니 말이다. 하지만 중요한 것은 남 카테인 왕국의 병사들은 현재의 삶에 만족하고 있다는 것이었다. 그리고 그런 현재의 행복을 결코 놓치고 싶어 하지 않았다.

그래서 그들은 필사적이었다. 자신이 이곳에서 진다면 자신을 비롯해 자신의 가족들과 친척 모두는 이 행복을 누릴 수 없었다. 그리고 결정적으로 그들을 그렇게 목을 매게 하는 이유는 바로 전시임에도 불구하고 정기적으로 휴가를 보내주는 것에 있었다.

처음엔 모든 이들이 극렬하게 반대했다. 도대체 어느 왕국이 전시에 병사들에게 휴가를 준단 말인가? 하지만 아이러니하게도 지금 현재 남 카테인 왕국의 북 카테인 왕국군을 압도하는 이유가 바로 그것에 있었다.

휴가자들은 고향에 돌아가 그들의 가족을 만난다.

"우리 때문에 네가 고생이 많구나."

"고생은요 뭘. 삼시 세 끼 다 챙겨 먹고 월급도 따박따박 나오고 전시인데도 휴가까지 나오잖아요."

"세상이 좋아진 게지. 현 국왕 전하가 아니었다면 꿈도 꾸지 못할 일인게지."

"맞아요. 그분은 정말 우리 평민들을 위해 존재하시는 분이시죠."

누가 들으면 믿지 못할 말이지만 실제 남 카테인 왕국의 평민들은 그렇게 생각했다. 지금까지 단 한 번도 이런 행복을 누려본 적은 없었다. 비단 이런 정석적인 대화를 하는 가족만 있는 것은 아니었다.

"돈 좀 벌었냐?"

"생명 수당이 따로 나온다."

"어호! 그래서 얼마?"

"달에 2골드다."

"허어~ 2골드씩이나?"

"에이씨. 나도 군대나 가? 먹여주고 입혀주고 거기다 돈까지 주잖아?"

"누가 널 받아나 준다냐?"

"내가 뭐가 부족해서."

"너 외동아들이잖냐?"

"자원하면 가능하지."

"글쎄다~ 네 부모님이 허락을 해주실지 모르겠다."

중급병 계급장을 단 병사는 투닥거리는 두 친구를 그저 바라볼 뿐이었다. 그러다 가볍게 한숨을 내쉬며 입을 열었다.

"전쟁터가 뭐가 좋다고."

병사는 조금은 거만한 듯 말을 했고, 한참 투닥거리던 두 친구는 그런 그를 보며 미치겠다는 표정을 지어 보였다. 기실이 둘은 병사와 별로 친하지 않았다. 오히려 병사를 괴롭히던 이들에 속해 있던 이들이었다.

하나 지금은 상황이 역전되어 있었다. 바로 자신이 군대에 지원하고 나서부터였다. 자신은 군인이 되어 여러 가지 혜택을 받고 있는 반면 이 둘은 전혀 그렇지 못했기 때문이었다.

처음 이들은 어떤 방법으로든 군대를 면제받기 위해 모든 수단과 방법을 아끼지 않았다.

하지만 정작 그들이 군을 면제받는 것은 외동아들이라는 점과 신체적인 결격 사유 때문이었다. 뻔질나게 병무청을 드나들며 밥을 사고 선물을 해댄 결과를 비웃듯이 말이다. 그리고 그들이 군 면제를 받기 위해 그렇게 발바닥에 땀이 나도록 뛰어다닌 이유는 한 가지 인식 때문이었다.

이 시대의 평민들에게 군대라는 것은 그리 훌륭한 곳이 못되기 때문이었다.

월급도 짜고, 휴가도 없으며, 상관에게 뇌물을 바쳐야 하는 곳이 군대였으니까. 그리고 평민으로서 군대에 간다 해도 상급병 이상 진급하기도 힘들고 말이다.

그런데 이제는 완벽하게 달라지고 있었다. 불과 몇 년 사이에 말이다. 하지만 저들은 불평불만하지 않았다. 세상에 남카테인 왕국만큼 살기 좋은 곳은 없었으니까 말이다. 뒷배를 믿고 설치는 기사들의 횡포도 혹은 귀족들이 지나감에 지저분한 바닥에 엎드려야 하는 법도 없었다.

또한, 거리에 오물이 넘쳐 나지도 않았다. 거리는 깨끗하고, 전쟁 중임에도 불구하고 치안도 좋아서 늦은 저녁에도 안심하고 길거리를 활보할 수 있을 정도였다. 농번기에는 여전히 대민 지원이 나오고 말이다.

이곳보다 살기 좋은 곳은 없었다. 그러한 그들에게 군인은 선망의 직업이 되었다. 가장 원하고 가장 가지고 싶은 직업.

그것이 바로 군인이었다. 그러니 과거와는 다르게 이제는 병사에게 잘 보이기 위해 안간힘을 쓰고 있는 두 친구였다.

"뭐, 이제 복귀해야겠다. 다음에 만나자."

"어. 아~ 그래."

"그, 그래. 잘 가라."

남 카테인 왕국의 군복을 입고 자리를 털고 일어나는 그 병사를 보며 두 명의 친구는 부러움 가득한 얼굴이 되었다.

식당 주인은 군인에게 주는 혜택으로 식사와 음료값을 반으로 깎아줬다. 그러면서도 흐뭇하게 그를 바라봤다.

"수고가 많으이."

"수고는요 뭘. 당연히 해야 하는 일인데요."

"그런가? 믿음직스럽군. 복귀하는 모양인데 어서 가보게."

"고맙습니다. 음식 맛있었습니다."

"어허허허. 그래, 그래."

이것이 현재 남 카테인 왕국의 현실이었다. 기존의 귀족들은 어떠할지 모르나 남 카테인 왕국에 있는 평민들에게 있어 카이론 에라크루네스 28대 국왕은 그야말로 신과 같은 존재였고 카이론은 그러한 사실을 너무나도 잘 알고 있었다.

평민들뿐만이 아니다. 군인들과 기사들 역시 다르지 않았다. 카이론 에라크루네스 국왕은 그들에게 있어서 신이었다.

그는 언제나 가장 위험한 지역에 있었고, 가장 위험한 임무를 도맡았으며, 전장에서는 가장 선두에 서 있었다.

그러한 그를 따르지 않을 기사들과 병사들이 어디 있으랴. 기득권을 빼앗긴 귀족들이 아무리 그를 시기한다고 하더라도 기사들과 병사 그리고 평민들의 마음이 자신들에게 있지 않음에 어찌해 볼 수 없었다.

단지 그의 행동 하나하나에 불만을 토로할 뿐이었다.

하나 그것도 뜻이 통하는 이들과 함께 할 때의 일이지 전혀 모르는 자들과 그런 불만을 토로할 경우 오히려 핀잔만 받을 뿐이었다. 그들이 설 자리가 없다는 것이다.

그것을 확실하게 인지하고 있는 카이론. 그럴 수밖에 없는 것이 그는 여전히 25세기 지구의 지식을 가지고 있기 때문이라고 할 것이다. 한 번 방임이 아닌 자유 의지에 대해 맛을 들인 이는 결코 다시는 과거로 돌아가려 하지 않음을 알고 있었다.

거기에 동반된 것이 바로 교육이다. 전쟁 중임에도 불구하고 교육을 시킨다. 당장에는 미친놈이라고 할 것이다. 평민들조차 반발했으니 말이다. 하나 카이론은 밀어붙였다. 그 결과 이제 그에게 반발하는 평민들은 없었다.

오히려 가장 적극적으로 그를 지지하는 층이 형성되고 있었다. 실로 놀라운 일이라 할 수 있었다. 수백수천 년을 견고하게 유지하고 있던 신분의 벽과 공고히 다져진 의식이 불과 몇 년 사이에 완벽하게 변하고 있으니 말이다.

그리고 그런 교육은 곧바로 군인들에게도 적용되었다. 받은 명령대로만 움직이는 병사들이 아니었다. 조 단위로 잘게 나눈다고 해도 그들은 맡은 바 임무를 완벽하게 수행할 수 있었다. 그것은 작전에 대한 이해도의 문제였다.

내려진 작전에 대한 완벽한 이해. 이것이 남 카테인 왕국의 병사들과 북 카테인 왕국의 병사들의 차이였다. 작전을 완벽하게 이해했기 때문에 결과점에 도달하기 위한 유연한 사고가 가능해진 것이었다.

그러니 백 번을 싸우면 백 번을 이길 수 있었다. 북 카테인 왕국의 입장에서 솔직히 말도 안 되는 상황이었지만 그 상황이 실제 발생하고 있으니 믿지 않을 도리가 없었다. 그러함에도 그들은 여전히 노예 해방은 고사하고 평민들을 상대로 교육을 시행한다는 것 자체를 부정하고 있었다.

그렇게 된다면 남 카테인 왕국처럼 귀족들이 설 자리를 잃어버리기 때문이었다. 알면서도 하지 못하고 있는 상황이나 다름없는 것이었다. 연전연패하면서도 그들은 여전히 전쟁을 수행해 나가고 있는 것이다.

때문에 라마나는 카이론의 말에 고개를 끄덕일 수밖에 없었다.

'애초에 이 전쟁은 그 결과가 도출된 상태였다. 다만, 권력

과 아집에 눈이 먼 귀족들은 그것을 알지 못했을 뿐. 설사 알 았다고 해도 애써 외면했을 터이니까.'

어쩌면 기존 신분 체계의 최상위에 속한 귀족들의 역설적 인 반항이라고 할 수 있을 것이다. 끝을 알면서도 그들은 멈 출 수 없었다. 끝을 내면 자신들이 가진 모든 것이 무너져 내 릴 것이니까 말이다.

이미 남 카테인 왕국에서 북 카테인 왕국으로 넘어간 귀족 들 역시 상당수이니까 말이다. 덕분에 자금은 풍부해졌지만 민심이나 혹은 그들의 기반은 서서히 무너져 가고 있었다.

"뒷일을 부탁하지."

카이론이 마지막으로 라마나에게 한 말이었다. 이제는 어 쩔 수 없었다. 막을 수 없다는 것을 알고 있기에 더 이상 자신 의 주장을 펼칠 수는 없었다.

"…알겠습니다. 패배는 없을 것입니다."

"그 소리. 듣기 좋군."

라마나의 말에 카이론이 문을 나서기 전에 우뚝 서 그에게 한 마지막 말이었다. 카이론이 사라진 문을 바라보며 라마나 는 나직하게 입을 열었다.

"국왕 전하를 위하여!"

그런 라마나를 뒤로 하고 카이론은 연병장으로 걸음을 옮 겼고, 이미 마련된 자신의 전용 전투마에 올랐다. 그리고 나직하게 물었다.

"준비는?"

"이미 완료되었습니다."

"좋군. 가지."

카이론의 뒤로 일곱 개의 별이 따랐고, 그 뒤로 3백의 호위대와 7천 남짓한 예니체리가 따랐다. 예니체리는 더 충원되지 않았다. 예니체리는 오로지 알카트라즈의 죄수들로 있었던 이들로만 구성된 것이니까.

그들은 카이론에게 예니체리라는 부대명을 하사받은 후 그 부대명에 남다른 애정을 보였다. 최초로부터 같이한 이름이었고, 죽음과 함께한 이름이었다. 죽어간 동료들의 복수는 오로지 예니체리의 몫이므로 말이다.

카이론은 자신을 따르는 예니체리 7천을 대동하고 자신을 부르는 곳으로 향했다.

*   *   *

"크하하하! 죽여라! 죽이고 또 죽여라!"

한 명의 혈인이 거칠게 웃으며 세상의 모든 것을 박살 낼 것 같은 포효를 터뜨렸다. 그리고 그를 따르는 수많은 병사와 기사는 그의 명령을 충실하게 따랐다. 세상을 향해 흉포한 외침을 터뜨린 자.

그는 다름 아닌 에라크루네스 공작이었다.

그를 따르는 악몽의 기사와 키메라 병사.

그들의 수는 여전했지만 더욱 강력해졌다. 인간의 피를 마시고 살점을 삼킨 덕이라 할 수 있었다. 병사들은 이미 인간이라고 볼 수 없을 정도였고, 눈은 시뻘겋게 물들어 가고 있었으며, 입에서는 인간의 숨소리보다는 괴물의 숨소리가 흘러나왔다.

"크르르륵"

으적! 와드득! 으적!

살점과 핏물이 가득한 손과 입 주변. 연신 손을 놀려 무언가의 살점을 입으로 가져가고 있는 키메라들. 그리고 그런 키메라들을 통솔하고 있는 악몽의 기사들.

그런 그들을 보며 에라크루네스 공작은 진득한 웃음을 짓고 있었다.

키메라로 만들어진 병사들은 생각할 필요가 없었다. 기사들 또한 최소한의 지능만 가지고 있으면 됐다.

그들은 판단할 필요없이 자신의 명령에 따르기만 하면 되었다. 자신이 머리의 역할을 하고 그들은 자신의 손과 발이 되어 움직이기만 하면 되는 것이다.

이들을 분리할 필요도 없었다. 이들은 오로지 하나의 목적으로 만들어진 자들이니까 말이다. 그 하나의 목적이 조금씩 자신이 있는 곳으로 향하고 있었다.

"냄새가 나, 냄새가. 나를 찾아오는 냄새가 말이지. 크크 킄!"

그는 그의 전투마에 앉아 멀리 한 곳을 바라보고 있었다.

"그래. 따라와라. 그래서 분노를 느껴라. 그 분노가 더없이 커질 정도로 말이다. 크카카캿!"

앙천광소를 내뱉으며 그는 말을 몰아갔다. 그 뒤를 따라 살 육을 벌인 악몽의 기사들과 키메라들이 움직였다. 그들이 떠 난 자리에는 누군가 버려놓은 죽어 널브러진 시체들만이 가 득했다.

뜯겨져 나가고 파쇄된 인간의 시체. 그 위로 검은 까마귀가 내려앉아 인간의 살점을 파먹고 있었다. 하나의 마을이 초토 화 되어버렸다. 그들은 그들의 앞을 가로막는 모든 것을 초토 화시키고 있었다.

인간이든 동물이든 아무것도 남기지 않았다. 그리고 장난 치듯 버려두고 다시 움직였다. 그들은 쉬지 않았다. 쉴 필요 가 없었다. 그들에게 있어 인간을 살육하는 일이란 일종의 놀 이와 같기 때문이다.

콰아아앙!

그라미스 성의 거대한 성문이 산산조각이 나서 박살 나버렸다.

"막아! 막으란 말이다!"

"적은 소수다. 물러서지 마라!"

하나 그러한 외침은 그저 공허할 뿐이었다. 압도적인 무력. 그 압도적이라는 단어 앞에서는 그 어떤 것도 소용없었다.

"크카카칵!"

"괴물아! 죽어랏!"

좌아악! 쩌엉!

키메라를 내려친 무기가 깨져 나갔다. 키메라의 신체에는 어떠한 생체기조차 나지 않았다. 그리고 그 결과는.

"크르르륵!"

덥썩!

"끄윽! 놔! 놔라!"

자신의 등을 후려친 자의 머리를 한 손으로 움켜쥐는 키메라. 병사는 두 손으로 키메라의 손을 잡으며 발버둥쳤다. 하나 조여오는 키메라의 악력은 결코 풀릴 기미가 보이지 않았다.

퍼억!

머리가 터져 나갔다. 뇌수가 튀며 키메라의 얼굴을 적셨다. 키메라는 마치 파충류의 혀처럼 두 갈래로 나눠진 혀로 자신의 얼굴에 튄 뇌수와 검붉은 핏물을 핥았다.

"크르르륵!"

그에 아주 만족한다는 듯한 그르렁거림과 함께 쭉 찢어진 입꼬리가 말려 올라갔다.

"용서받지 못할 놈!"

서걱! 투욱!

기사 한 명이 노호성을 터뜨리며 키메라의 팔을 잘라냈다. 병사들의 무기에는 어떤 생채기도 나지 않던 키메라의 팔이 기사의 일격에 잘려 나간 것이었다. 하나 바닥에 떨어진 키메라의 팔은 꾸물거리며 툭툭 튀어 키메라의 발끝으로 이동했고, 스며들었다.

"끄아악!"

분노했음인가? 갈라진 혀끝을 내밀고 날카로운 이빨을 드러내며 포효하는 키메라. 그와 동시에 잘려 나간 자리에서 무언가 꾸물거리며 돋아나고 있었다.

"괴, 괴물."

괴물이었다. 불과 1분도 채 되지 않아 잘려 나간 팔은 키메라의 발치에 흡수되었고, 팔이 다시 재생되기 시작했다.

스칵!

다시 기사의 검이 키메라의 목을 관통했다. 분명 관통했다.

"이익!"

하지만 키메라는 죽지 않았고, 기사의 검은 뽑혀 나오지 않았다.

'상대가… 안 되는군.'

기사가 그런 생각을 떠올릴 때.

퍼억!

기사의 몸은 마치 끈 떨어진 연처럼 훌훌 날아오르고 있었다. 그가 날아가는 역방향으로 가느다랗고 선명하게 검붉은 핏줄기가 길을 형성하고 있었으며, 그가 떨어지기도 전에 또 다른 우악스러운 손아귀가 나타나 기사의 목과 몸을 분리시키고 있었다.

"도대체 왜?"

"나약한 것은 죄악이니까."

"너 또한 인간이지 않았더냐?"

"그래서 이용당했지. 정실을 죽여야 했고, 그 무덤조차 지키지 못해 파헤쳐져 그 시체마저 늑대의 밥으로 던져 주어야 했다. 정실이 되어버린 후실은 나를 죽이려 끼니마다 음식에 독약을 탔고, 장자가 된 아들은 가신들의 약점을 잡아 포섭해 나를 배신하게 했다."

온통 검은색 눈동자를 한 사내. 에라크루네스 공작은 담담하게 말을 잇고 있었다. 그를 바라보는 귀족은 손에 들고 있는 검을 부르르 떨었다.

"네놈이 죽는 것도 나약해서인가?"

씨익.

귀족의 물음에 에라크루네스 공작은 날카롭게 웃음 지었다.

"지금의 나는 나약하지 않다. 그래서 세상을 정화하고 있는 것이다."

"너 또한 그분 앞에서는 나약해질 것이다. 그리고 죽겠지."

"큭! 그분? 카이론을 말함이더냐?"

무덤덤하게 귀족과 대화를 하던 에라크루네스 공작의 기세가 변했다. 눈에는 시퍼런 귀화가 타오르기 시작했다.

"대단하군. 그 짧은 시간에 이런 충심을 얻어내다니."

"그분은 네놈과 다르니까."

"강함은 다르지 않다."

"하나 네놈처럼 인간임을 포기하진 않았다. 네놈은 결코 그분을 넘지 못할 것이다."

"크큭. 약한 주제에 제법 말이 많군."

"그래. 인정하지. 비록 너보다 약해 이곳에 죽을지도 모르지만 이것 한 가지만은 분명하지."

"……?"

눈에 의문이 깃드는 에라크루네스 공작을 보며 귀족이 핏물이 가득한 이를 드러내며 웃었다.

"적어도 자신의 야망을 위해 자식을 죽이지는 않을 것이라는 것."

"큭!"

그 말을 듣자 에라크루네스 공작은 이성이 툭 끊어지는 것 같았다. 강함에 취해서, 혹은 강함을 위해서는 모든 것을 희생할 수 있다는 그에게 있어 가장 취약한 아킬레스건이 바로 가족에 대한 것이었다.

그리고 거의 죽어가는 귀족은 그런 그의 가장 취약한 곳을 아주 정확하게 찌르고 들었다.

"끝내자!"

"좋다."

에라크루네스 공작의 말에 귀족은 이미 죽음을 각오했다는 듯이 그를 향해 쇄도했다. 그 모습을 지켜보는 에라크루네스 공작은 비릿한 미소를 떠올렸다. 같잖다는 표정. 그는 방어할 생각도 하지 않고 앞으로 한가롭게 걸음을 옮겼다.

쑤욱!

귀족의 검이 에라크루네스 공작의 심장을 관통했다. 하나 귀족의 표정을 결코 좋지 않았다.

'느낌이 없다.'

분명 가슴을 관통했다. 그런데 손으로 전해지는 감각은 마치 허공에 대고 칼질을 하는 것 같았다.

"흡!"

검을 회수하려 했다. 하나 회수할 수 없었다. 어느새 그의 검 중단을 움켜쥐어 버린 에라크루네스 공작 때문이었다.

"어찌……."

"크큭! 재미있군."

놀란 귀족의 얼굴을 보며 '이런 반응은 참 좋구나. 나를 즐겁게 하는구나' 하는 얼굴로 기괴한 웃음을 터뜨리는 에라크루네스 공작. 그는 지금 이 순간을 즐기고 있었다. 자신에게 독설을 내뱉던 자가 자신의 압도적인 무력에 경악하는 이 표정을 말이다.

그는 검조차 꺼내 들지 않았다. 왼손으로 검의 중단을 잡아 귀족의 공격과 방어를 한꺼번에 무력화시켜 버렸고, 남은 오른손을 움직여 귀족의 목울대를 움켜쥐었다.

"커, 컥!"

귀족의 눈이 통방울처럼 커졌다.

스르륵!

그러다 서서히 떠올랐다. 숨이 막혀 귀족의 얼굴은 시뻘겋게 물들어 갔고, 에라크루네스 공작의 손아귀를 벗어나기 위해 발버둥을 쳤다. 하나 에라쿠르네스 공작의 손아귀는 강철

이 된 양 꿈쩍도 하지 않았다.

그리고 마침내 에라크루네스 공작은 귀족을 높이 들어 올려 그를 바라보며 입을 열었다.

"모든 것은 살아 있어야 가능한 거지. 네놈 따위가 감히 본 공작을 농락하는 것도 살아 있어야 가능하고 말이지."

그러면서 어디를 어떻게 눌렀는지 몰라도 귀족의 입이 떡 벌어졌고, 에라크로네스 공작은 손가락으로 귀족의 혀를 잡았다.

"본작을 농락하고 모욕한 네놈의 혀는 있을 필요가 없지."

쭈욱!

"으… 아아악!"

그대로 잡아 뜯어버렸다. 그리고 그 소리를 음악을 감상하는 듯 즐기던 그가 고통을 못 이겨 점점 힘이 빠져 가는 귀족을 마치 쓰레기 버리듯 던져 버렸다.

와득!

그와 함께 목울대가 뜯겨 나왔다. 아주 간단하게 한 명의 목숨을 앗아간 에라크루네스 공작은 어느새 무표정으로 돌아와 있었다.

"아직… 인가? 조금 지치는군."

그는 주변을 훑어보며 입을 열었다. 지금까지 죽인 사람이 얼마나 되는지 모른다. 세 개의 성과 여섯 개의 요새를 박살

냈다. 그 경로로 이동하는 도중 보이는 모든 사람을 죽였다.

그리고 기다렸다.

그리고 오늘쯤에는 모습을 볼 수 있을 것이라 생각했다. 그의 전신 감각을 일깨우는 무언가가 이제 그를 볼 수 있다고 말을 하고 있었기 때문이었다. 그에 그의 신형이 서서히 떠올랐다. 마치 마법사의 플라이 마법을 펼친 것처럼 말이다.

모든 것을 발아래 둔 에라크루네스 공작.

그가 멀리 한 곳을 바라봤다. 그가 바라보는 곳에는 흙먼지가 일고 있었다.

"크큭! 오는구나! 이제 그 끝을 보자꾸나. 누가 더 강한 자인지 말이다."

섬뜩한 살소를 머금은 에라크루네스 공작.

"맞이해야 하겠지."

그는 자신의 필생의 적을 맞이할 준비를 했다. 시체를 한곳에 모으고 먼지 구름이 일고 있는 방향으로 난 성문을 활짝 열었으며 일정 간격, 아니, 다닥다닥 붙여 시체의 기둥을 세웠다.

머리가 잘려진 자, 아직 숨이 붙어 있는 자, 전신이 두 쪽 난 자까지. 수없이 많은 시체가 마치 가로수처럼 좌우를 수놓았고, 예의 수없이 많은 까마귀가 그들에게 내려앉아 살점을 파먹기 시작했다.

그리고 그는 가장 높은 곳에 시체의 산을 만들어 커다란 돌로 된 의자를 올려 두고 그 자리에 근엄하게 앉았다.

그 돌로 된 의자에는 피부를 벗긴 두개골을 꽂아 두었고, 그의 발치 아래 3백의 악몽의 기사와 5천의 키메라 병사가 좌우로 즐비하게 늘어섰다.

뚜걱! 뚜걱!

그 중심으로 일단의 군마가 들어왔다.

바로 카이론 에라크루네스와 7천의 예니체리였다.

그들은 그라미스 성의 열려진 성문 안으로 말을 몰아 들어감과 동시에 인상을 찌푸릴 수밖에 없었다.

절로 눈살을 찌푸리게 할 정도의 지독한 피냄새. 그리고 마치 열병을 하듯 좌우로 늘어진 시체 기둥.

그런 시체의 살점을 파먹고 있는 까마귀들 때문이었다.

"상종할 수 없는 종자들이로군."

"이쯤이면 인간이 아니라고 해야 하겠지."

"오늘 여기에서 끝장을 봐야 하겠구만."

불카투스, 엔그로스, 키튼이 인상을 잔뜩 찌푸리며 입을 열었다.

"기다리고 있었다."

에라크루네스 공작이 입을 열었다. 그와는 상당한 거리가 떨어져 있음에도 불구하고 성문에 들어서는 모든 이들에게 그의 목소리가 전달될 정도였다.

하나 먼저 입을 연 에라크루네스 공작은 살짝 당황하고 있었다.

이것은 그저 아무렇게나 받아낼 수 있는 수준의 목소리가 아니었기 때문이었다. 이 하나의 음성에 자신만의 독특한 마나를 담아 듣는 이들의 심신에 공포를 심어주는 하나의 수단이었다. 그런데 그런 자신의 수단을 너무나도 가볍게 무효화시키고 있는 것이었다.

'크큭! 역시 만만치 않다는 것인가?'

잠깐 당황했던 에라크루네스 공작은 오히려 그것이 더 마음에 든다는 듯이 입꼬리를 말아 올렸다.

"준비를 많이 하신 모양이군요."

"큭!"

"크르륵!"

카이론이 주변을 둘러보며 간단하게 감상을 말했다.

그 순간 악몽의 기사들과 키메라들은 휘청거리면서 마치 둔중한 무언가가 할퀴고 지나간 것 같은 상처가 났다.

파캉!

그러다 에라크루네스 공작의 앞에서 거친 폭음을 내며 터져나갔다. 순간 에라크루네스 공작의 얼굴이 제대로 일그러졌다.

"크큭! 오느라 수고했다."

그는 카이론을 기다리지 않고, 시체로 만든 제단 위에서 일어섰다. 그동안의 기다림에 지쳤다는 듯이 말이다. 그는 일어서 고개를 한 번 돌리고는 다시 입을 열었다.

"둘만의 대화가 조금 필요한 것 같군."

"그럴 것 같군요."

카이론은 자신이 이끌고 온 일단의 무리를 별로 신경 쓰지 않았다. 아무리 악몽의 기사라느니 키메라느니 하는 어둠의 마법에 의해 만들어진 자들이 있다고는 하지만 결코 그들을 어찌할 수 없다고 생각하기 때문이었다.

"단 한 명도 남기지 마라."

"남기면 내가 개 새끼요."

키튼이 격하게 동의했다.

평소에 가볍게만 행동하던 키튼. 하지만 지금은 아니었다. 그의 전신에서는 알 수 없는 아지랑이 같은 것이 스멀스멀 피어오르고 있었고, 그러한 그의 모습에 악몽의 기사와 키메라마저 반응을 보일 정도였다.

"믿지."

"크큭!"

그런 카이론의 모습에 에라크루네스 공작은 비릿한 웃음을 떠올렸다.

'생각하는 수하라니. 수하는 그저 명령에 따르기만 하면 되는 것을.'

그것이 바로 카이론을 비웃는 에라크루네스 공작의 생각이었다. 생각하는 수하라니. 생각만 해도 불편했다. 자신의 말 한마디에 불구덩이도 들어갈 수 있어야 진정한 수하다. 그런데 생각을 가지고 있는 수하는 결정적인 순간에 자신을 배신한다.

인간이란 다 그렇다. 그래서 인간은 신용할 수 없었다. 자신도 인간이면서 말이다.

"이쯤이 좋겠군."

"……"

카이론은 말없이 걸음을 멈춰 세웠다. 이곳이라고 해서 별반 다르지 않았다.

"아버지라 불러야 할까요?"

"크큭! 아직도 그 감정이 남아 있던가?"

"그렇지는 않지요."

"그런데?"

"나는 아직 인간이기 때문입니다."

"크큭! 인간이라. 뭐, 상관없다. 다만, 네 실력을 제대로 발휘하지 못한다면 용서치 않을 것이다."

"용서라… 애초에 그런 감정이 남아 있었던가요? 피와 살육만이 모든 것인 사람이 말입니다."

"하나 더 추가하지. 강함을 추구하는 것."

"그것은 강함이 아닙니다. 유희지요. 살육을 유희로 즐기는 괴물을 일컬음입니다."

"뭐 어떤가? 그로 인해 강해지면 그만인 것을."

"그렇군요."

에라크루네스 공작의 눈썹이 살짝 올라갔다.

"인정하는 것인가?"

"글쎄요. 인정해야 할 필요가 있는지 모르겠습니다. 지금 내가 인정하는 것은 내 눈앞에 있는 존재를 지워야 한다는 것밖에는 없어서요."

"큭! 역시 그렇지."

동감하는 에라크루네스 공작. 그의 눈동자는 서서히 붉어지고 있었고, 그 붉어짐이 지나쳐 검게 물들어갔다. 동공조차 검은색이 된 그 순간.

에라크루네스 공작은 서서히 변해가기 시작했다.

파리할 정도로 창백해진 얼굴과 날카롭게 삐죽삐죽 돋아난 이빨. 조금은 더 날씬해진 체구. 하지만 그 모습을 보건데 완전히 다른 사람이 된 것 같았다. 카이론은 변해가는 에라크루네스 공작이 변신을 마칠 때까지 기다렸다.

그에 아주 만족한다는 듯한 에라크루네스 공작의 웃음소

리가 들려왔다.

"크카카. 자신감인가?"

"아들로서 아버지에 대한 마지막 대접이라고 해두지."

너무나도 담담한 카이론의 음성. 그리고 그 음성이 흘러나옴과 동시에 카이론의 입에서는 더 이상 존대는 없었다.

그는 어느새 언월도를 비스듬하게 꺼내 들고 있었고, 나노 튜브 블레이드는 그의 주변을 회전하며 배회하고 있었다.

그런 카이론을 보며 히죽 웃어 보이던 에라크루네스 공작이 양팔을 좌우로 넓게 벌리며 오만하게 턱을 들어 올리며 입을 열었다.

"어때? 탐나지 않나?"

"전혀."

"물론 그렇겠지. 이 힘은 가지지 못한 자는 결코 느낄 수 없으니까."

"그 정도로 나를 어찌할 수 있다고 생각하나?"

"크큭! 객기인가? 어찌할 수 없다고 생각하나?"

"과거 던전에 들어간 적이 있었지."

"······?"

뜬금없는 카이론의 말에 잠시 어리둥절해하는 에라크루네스 공작. 하지만 그런 에라크루네스 공작의 모습은 상관없다는 듯이 자신이 해야 할 말을 하는 카이론이었다.

"그때 던전에서 데미 갓 리치를 만났다."

"데미… 갓 리치……."

살짝 놀라는 에라크루네스 공작. 데미 갓이라면 이미 반신 반열에 오른 리치를 말한다. 적어도 그 수명이 5천 년은 넘겼을 법한 리치였다.

"클클. 웃기는 소리. 내 한 번도 그런 존재가 있다는 것을 들은 적 없다."

"당신이 어떻든 상관없지. 난 어쨌든 만났다는 것이고, 그 데미 갓 리치는 결국 변신하여 상급의 마족이 되었다는 것이 겠지."

"……!"

가만히 카이론의 말을 듣고 있던 에라크루네스 공작의 눈동자가 갑자기 커졌다. 데미 갓 리치를 만나고 상급의 마족을 만났음에도 살아남아 자신의 눈앞에 버젓이 존재한다는 것 때문이었다.

그 말은 결국 데미 갓 리치가 상급의 마족으로 진화하도록 몰아세운 것이 그였고, 상급의 마족조차도 어찌할 수 없을 정도로 강대한 힘을 지닌 자가 바로 자신의 눈앞에 있는 카이론이라는 존재라는 것을 의미하기 때문이었다.

"말도… 안 되는 소리."

"믿으라 하지 않았다. 그리고 당신에게 신뢰를 주고 싶은 마음 역시 별로 들지 않고 말이지."

"크크큭! 허장성세로군. 그래, 발악해 봐라. 발악을 해 나를 즐겁게 해라."

"글쎄? 그것은 두고 봐야 할 것 같군."

"크큭! 죽엇!"

스팟!

말이 끝나기 무섭게 자리에서 허깨비처럼 사라져 버리는 에라크루네스 공작. 하지만 카이론은 별반 놀라지 않았다. 어둠의 마법이든 빛의 마법이든 그의 눈을 벗어날 수 있는 마법은 존재하지 않았으니까 말이다.

그에 카이론은 가볍게 언월도를 휘둘렀다.

샤아악! 푸카강!

"크흐음!"

어둠이 폭발했다. 그리고 답답한 신음이 들려왔다. 카이론은 고개를 기울여 우측을 바라봤다. 그가 바라보는 곳은 어느새 검은 어둠으로 물들어 있었고, 다시 기이하게 일렁이며 사라져 가고 있었다.

카이론은 하늘을 바라봤다. 비가 오려는지 잔뜩 흐려지고 있었다.

검은 하늘과 음침한 에라크루네스 공작의 공격. 어둠이 깔리는 시간은 아니지만 이 음습한 분위기는 그의 능력을 두 배로 강화시켜 주고 있었다.

"음하하하하!"

어둠 속에서 에라크루네스 공작의 음침한 괴소가 흘러나왔다. 그의 괴소는 사방에서 들려왔다. 보통의 기사라면 이 상황에 당황했을 것이나 카이론의 표정은 변화가 없었다.

휘우우웅!

카이론의 주변을 배회하고 있던 나노 튜브 블레이드가 튕기듯이 앞뒤로 갈라지며 주변을 휩쓸었다.

쾌카라라랑!

다시 폭음이 들려오며 어둠이 폭발했다.

"크흡!"

투둑!

뒤로 날아갔던 나노 튜브 블레이드가 가격한 곳으로부터 얼마 떨어지지 않은 거리에서 어둠이 한데 뭉치면서 하나의 형태를 이뤘다. 상당한 충격을 받았는지 어둠은 이리저리 이지러지면서 몇 개의 어둠이 떨어져 내렸다.

"크흑! 대단하군. 단순한 공격에 나를 이리도 몰아붙이다니."

그리고 모습을 드러낸 에라크루네스 공작이 잠시 호흡을 가다듬었다. 하나 카이론은 결코 그가 호흡을 가다듬도록 두지 않았다. 어느새 두 자루의 나노 튜브 블레이드가 그의 주변을 휘감고 도는 어둠을 가르고 푸른빛을 내며 쏘아져 오고 있었다.

순간 자신에게로 쇄도해 오는 푸른 나노 튜브 블레이드를 보고 얼굴을 굳히는 에라크루네스 공작이었다. 결코 만만히 생각할 것이 아님을 직감했기 때문이었다.

"좋아! 이 정도는 되어야지."

하지만 그는 이내 날카로운 이빨을 드러내며 웃었다. 그러자 그의 등 뒤에서 다수의 검이 치솟아 올랐다. 아마도 그의 주변을 감돌고 있는 어둠을 이용해 만든 어둠의 검일 가능성이 높았다.

어둠으로 만들어진 검. 마법 검과는 달랐다. 그렇기에 평범한 공격으로는 타격을 줄 수 없었다. 하나 카이론의 나노 튜브 블레이드는 달랐다.

스가각!

마치 이런 것쯤은 아무것도 아니라는 듯이 수개의 검과 부딪혀 깔끔하게 잘라내고 있었다. 하나 잘려나간 어둠이 다시 검의 형태로 만들어지면서 두 개의 검이 되어버렸다.

"크큭! 겨우 그 정도로 어둠의 이빨이 사라질 것 같으냐?"

"어둠의 이빨이라… 어둠은 결국 빛에 물러나게 마련이지."

"하지만 빛 역시 어둠에 의해 잠식되지."

"그것은 빛이 힘이 없었을 때의 이야기지."

"큭! 너는 압도할 수 있단 말이더냐?"

"글쎄?"

슈화아악!

그와 동시에 카이론이 던진 두 자루의 나노 튜브 블레이드에 질푸른 청화가 피어오르기 시작했다. 그러더니 종내에는 본신보다 두 배는 긴 오러 블레이드를 만들어 냈고, 두 자루의 검을 향해 쇄도하는 수개의 어둠의 검을 가차 없이 베어갔다.

쿠웅! 콰카강! 콰강!

그에 폭발음이 들려왔다. 청화와 어둠이 한데 어울리며 귀화가 번쩍였으며 어둠의 검은 폭발하며 검은 연기를 내며 사라져 버렸다. 회복이 되지 않은 것이었다.

"무, 무슨… 있을 수 없다!"

"당신의 입에서도 그런 말이 흘러나오는군."

카이론의 말에 에라크루네스 공작은 또다시 수개의 어둠의 검을 만들어 내었고, 그 속에 또 다른 어둠의 사슬을 만들어 카이론을 직접적으로 타격하려 했다. 하나 카이론은 언월도를 가볍게 휘둘러 자신을 옥죄어 오는 어둠의 사슬을 잘라내고 있었다.

촤르르릉!

그에 어둠의 사슬은 마치 영혼이 깃든 것처럼 기이한 울림을 내었다. 그 울림은 실로 기괴하여 듣는 자의 정신을 혼미하게 하기에 충분해 보였다.

"마물이로군."

"크크큭! 어둠은 살아 있는 생명체와 같은 것이지."

"그런가? 그것을 믿고 그렇게 기고만장한 것인가?"

"크큭! 일부분일 뿐이지."

"그런가? 그러면 이제 본격적으로 어울려 보지."

카이론의 언월도가 기이하게 움직였다. 분명 그가 휘두른 것은 한 자루의 언월도이거늘 실제 에라크루네스 공작에게 쇄도하는 언월도는 수십 자루로 보였다. 카이론은 아예 어둠의 검을 무시한 채 에라크루네스 공작을 공격해 가는 것이었다.

"좋구나!"

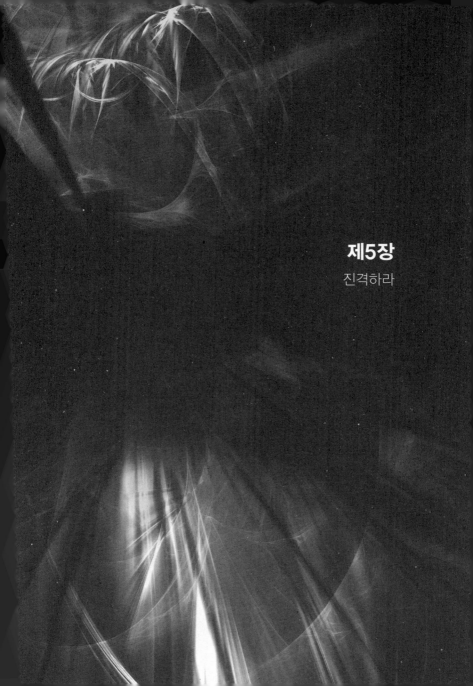

제5장

진격하라

Warrior

카이론의 그런 공격에 에라크루네스 공작은 무엇이 좋은지 연신 히죽거리면서 카이론의 공격을 막아내고 있었다. 하지만 실상을 달랐다. 겉은 여유를 부리는 것 같지만 그의 속은 지진이 난 것처럼 진탕되고 있었다.

'쿨럭!'

카이론의 공격에 공작이 뒤로 죽 밀려났다.

처음과는 달리 그의 전신을 감싸고 있던 일렁이는 어둠은 조금씩 옅어지고 있었다. 그런 에라크루네스 공작을 멀뚱하게 바라보던 카이론이 말했다.

"고작 이건가?"

그 한마디가 에라크루네스 공작의 성정을 폭발시켰다.

"네놈이 감히! 크아아악!"

그는 기어코 커다란 고함을 지르며 카이론을 향해 쇄도해 들어갔다.

그는 참을 수 없었다. 자신은 강력한 힘을 손에 넣어 절대의 경지에 올랐다. 그런데 그 강력한 힘이 상대에게 전혀 먹혀들지 않고 있었다.

카이론은 마치 자신의 검로를 이미 알고 있다는 듯이 자신의 검을 막아내고 있었고, 공세로 전환하여 내친 그의 공격에는 내부가 진탕되었다.

자신을 감싸고 있던 어둠이 일렁이며 막아내고는 있었으나 점점 그 기세가 약화되고 있었다.

'있을 수 없는 일이다.'

그렇다. 있을 수 없다. 이 세계에 그 누가 자신이 얻은 어둠의 힘을 막아낼 수 있을까? 자신은 이 세계의 오롯한 한 사람이었다. 자신의 위로 그 누구도 존재하지 않았다. 그에 수십 줄기의 어둠의 사슬이 폭발적으로 솟아나며 카이론을 덮쳐갔다.

어둠의 사슬은 때로는 창이 되고, 때로는 검이 되고, 때로는 화살이 되어 카이론의 전신을 때리기 시작했다.

따다다당!

하나 카이론에게 직접적인 상해는 가할 수 없었다. 어느 순간 카이론의 주변으로는 투명한 막이 생성되어 자신을 향해 쇄도해 오는 모든 공격을 튕겨 내고 있었다. 또한, 여전히 그의 주변을 배회하고 있는 나노 튜브 블레이드가 날아오는 수십의 어둠의 사슬을 끊어내고 있었다.

샤아악!

기괴한 소리가 들려왔다. 카이론이 자신의 주변을 뒤덮은 어둠의 사슬을 제거하는 동안 에라크루네스 공작은 카이론의 머리 위로 이동해 있었다.

그는 날카로운 흰 이를 드러내며 진득한 살소를 머금었다.

'크흐흐. 끝을 내자.'

그는 오로지 한 가지 생각밖에 없었다. 자신의 자존심을 무너뜨리고 자신의 야망을 가로막는 단 하나의 존재를 제거하는 것 말이다. 그는 자신의 아들이 아니라 자신의 적이다. 반드시 멸살해야 할 적 말이다.

에라크루네스 공작은 망설이지 않았다. 훤히 보이는 카이론의 정수리를 향해 검은 빛살을 찍어 내렸다.

콰아아악! 쩌엉!

"크헙! 이익! 죽.어.랏!"

카이론이 그의 공격을 완벽하게 막아냈다. 하지만 한 번 잡은 기회를 결코 놓칠 수는 없는 법.

에라크루네스 공작은 카이론을 향해 득달같이 달려들며 검을 휘둘렀다.

어둠의 사슬에 둘러싸였던 카이론은 에라크루네스 공작이 자신의 정수리를 공격해 오는 순간 어둠의 사슬이 만들어놓은 장막을 찢어냈다. 그리고 자신을 향해 쇄도하는 에라크루네스 공작의 눈을 직시했다.

두 사람의 시선이 부딪혔다.

카이론은 에라크루네스 공작을 바라보며 입꼬리를 말아 올렸다.

"여기까지."

"……."

아주 나직한 말이었지만 그의 목소리는 에라크루네스 공작에게 정확하게 전달되었다. 에라크루네스 공작은 그 말이 무슨 말인지 이해할 수 없었다. 공세는 자신이 퍼붓고 있었다. 수세에 몰린 것은 카이론이었다.

그런데…….

'여기까지?'

그 순간이었다. 무언가 자신의 미간을 향해 쏘아져 온다는 것을 느낀 것은 말이다. 피할 수 있을 것 같았다. 생각보다 느릿하게 다가오고 있었기 때문이었다.

'흥! 이따위 공격쯤이야……'

하나 피할 수 없었다. 눈에 빤히 보이는 공격. 그리고 느릿하게 다가오는 검극. 그런데 피할 수가 없었다.

'어떻게? 도대체 어떻게……'

당황했다. 몸이 마치 돌덩이라도 된 양 전혀 움직이지 않았다. 아무리 용을 써도 자신의 몸은 전혀 움직일 생각을 하지 않았다. 그러는 동안 카이론이 쏘아 보낸 언월도의 도첨이 어느새 자신의 미간 바로 앞에 도달해 있었다.

에라크루네스 공작은 그것을 정확하게 보고 있었다. 마치 바로 옆에서 지켜보듯이 말이다. 도첨이 에라크루네스 공작의 미간을 밀고 들어갔다.

따끔.

그저 따끔했다. 아프다거나 고통스럽다는 생각은 없었다.

주륵!

그의 미간에서 검은색의 진득한 핏물이 흘러내렸다. 자신도 모르게 눈이 뒤집혔다. 온통 검은색의 눈동자가 갑자기 회색으로 변해가면서 눈꺼풀이 바르르 떨려왔다.

그때 그의 심연 깊은 곳에 자리 잡고 있던 어둠의 야수가 깨어났다.

"크와아아악!"

그의 전신에서 어둠이 폭사되면서 카이론의 도첨을 밀어

냈다.

그와 동시에 에라크루네스 공작의 모습이 변하기 시작했다. 신장은 거의 3미터가 넘어갔고, 머리에서는 뿔이 돋아났으며, 피부는 온통 검은색으로 물들어갔고, 등 뒤에서는 검은색의 날개가 치솟아 오르고 있었다.

반인반마. 인간도 마족도 아닌 모습이었다. 하급 마족이기에 완벽한 모습으로 인간계에 모습을 드러낼 수 없음을 의미했다. 그런 변화를 카이론은 냉철하게 바라볼 뿐이었다. 그러다 나직하게 입을 열었다.

"겨우… 하급 마족과 거래한 것인가? 하급 마족과 말이지……."

카이론은 어처구니없다는 듯이 계속 같은 말을 되뇌고 있었다. 조금씩 밀려나고 있던 그의 언월도는 이미 멈춘 지 오래였다.

카이론은 정말 어처구니없었다. 겨우 하급 마족의 힘으로 절대자인 양, 강력한 힘을 얻은 사람인 양 으스대고 수없이 많은 사람을 죽음으로 몰아넣은 것 자체가 말이다.

그래서 더 용서할 수 없었다.

인간은 나약하지만 강하다. 그렇기때문에 중간계를 점령할 수 있었던 것이다. 신화시대가 있고, 고대시대가 있었지만 그 모든 시대를 지나 존재하는 개체는 오로지 인간이었다. 그

중 마계의 침입도 있었다.

그러함에도 인간은 그 마족을 이겨내고 중간계를 지켜냈다. 물론, 그 시기와 지금의 시기가 절대 같은 조건일 수는 없었다.

지금은 마족이 없는 시대이다. 엘프나 드워프조차 볼 수 없는 과거보다 퇴보한 시대.

그러한 시대에 흑마법의 한 줄기가 망령처럼 떠돌며 인간을 오염시키고 있는 것이었다.

'하필 왜?'

그랬다. 하필 왜 그 대상이 자신의 가족이었을까? 물론, 애초에 자신은 가족에 대한 애착 같은 것은 존재하지 않았다. 하지만 만약 흑마법이 아니었다면 자신의 손으로 이복형을 죽일 일은 없었을 것이고, 자신의 아버지를 죽여야 할 상황은 만들어지지 않았을 것이다.

조금은 억울하다는 생각이 들었다. 하지만 그 생각은 지극히 순간의 일이라 할 수 있었다.

이미 원래의 주인인 카이론 에라크루네스는 사라졌으니 말이다. 엄밀히 말해서 지금 그가 대하고 있는 페테스브루넌 에라크루네스 공작 역시 자신의 아버지가 아니라 할 수 있었다.

자신은 카이론 에라크루네스의 껍데기를 뒤집어쓰고 그로

살아가고 있는 것이었으니까. 하지만 그가 함부로 에라크루네스 공작을 죽이지 못한 이유는 뇌 깊숙하게 박혀 있는 심연의 두려움 때문이었다.

완전히 사라졌다고 생각했으나 여전히 카이론 에라크루네스의 의식은 저 밑바닥에 남아 있었던 것이다. 그것이 본능적으로 카이론 에라크루네스가 페테스브루넌 에라크루네스 공작을 죽이지 못하게 막고 있었다.

'이제… 만족하는가?'

그는 심연 깊숙한 곳에 남아있는 카이론에게 물었다. 답은 없었지만 약간은 답답함을 가지고 있던 가슴 한쪽이 시원해짐을 느꼈다.

'이제야… 완벽해진 것이로군.'

카이론은 느낄 수 있었다. 원래의 카이론이 사라졌다는 것을 말이다. 그리고 에라크루네스 공작이 객관적으로 보이기 시작했다. 자신과 전혀 다른 사람으로 말이다.

파캉!

"카학!"

카이론을 공격해 들어가던 반인반마의 존재.

공작은 마족도 인간도 아닌 존재가 되어 있었다. 카이론의 반격에 충격을 입었는지 뒤로 훌훌 날아가 떨어져 내리는 에라크루네스 공작이었다.

"어떻게 인간의 혈육에 대한 사슬을 끊은 거지?"

반인반마의 존재가 입을 열었다. 그 존재는 알고 있었다. 카이론이 지금까지 미적거렸던 이유가 바로 인간이라면 가지는 혈육에 대한 사슬을 끊을 수 없었기 때문이라는 것을 말이다.

그런데 갑자기 달라졌다. 단 한순간에 말이다. 카이론과 반인반마가 되어버린 에라크루네스 공작의 시선이 부딪혔다.

순간 에라크루네스 공작의 전신의 피라는 피는 모두 싸늘하게 식어가는 것을 느꼈다.

"감히 미개한 인간 따위가……."

반인반마의 에라크루네스 공작은 고귀한 마족인 자신이 하급한 인간에게 겁을 집어먹고 있는 이 상황에 분노했다.

"캬아악! 죽.어.라!"

그의 등 뒤에서 어둠이 일렁이고 수십 개의 창과 날카로운 가시가 박혀 있는 채찍이 형성되어 카이론을 향해 날아들었다.

"하급 마족 따위……."

두 자루의 나노 튜브 블레이드가 날아올랐다. 나노 튜브 블레이드는 마치 살아 있는 생명체처럼 모든 어둠의 창을 잘라내고 있었다. 갈라진 어둠의 창은 검은색 연기와 함께 허공으로 사라졌다.

"어떻게……."

반인반마의 에라크루네스 공작은 심장이 튀어나올 것 같이 놀랐다. 인간이었을 적에야 상관없었다. 그것은 완벽한 어둠의 힘이 아니었으니까.

하지만 비록 반인반마라 할지라도 마족의 반열이었다. 완벽하지는 않아도 인간이었을 때보다 강력해진 어둠의 창이었다.

그런데 흔적도 없이 사라진 것이었다.

"가소롭지도 않다."

"가, 감히……."

카이론은 망설임 없이 채찍을 잘라내 버렸다. 어둠의 창과 어둠의 채찍이 검은 연기가 되어 사라지자 에라크루네스 공작은 검은 피를 한 움큼 토해냈다.

그런 에라크루네스 공작에게 카이론이 한마디 던졌다.

"감히라는 말은 강한 자가 약한 자에게 하는 말이다. 알겠나? 여기서 강자는 나이고, 약자는 너다."

"주, 죽인다!"

파앙!

에라크루네스 공작이 죽인다는 말을 하는 그 순간, 카이론의 신형이 허깨비처럼 사라졌다.

그리고.

파아아앙!

가죽 북 터지는 소리가 들려왔다.

"끄아악!"

뒤이어 에라크루네스 공작의 전신을 감싸고 있던 어둠이 크게 흔들리면서 고통에 찬 비명이 들려왔다.

상당한 충격을 받은 듯 공작이 진득하고 기분 나쁜 검은색 액체를 뿜어내며 허공을 훌훌 날아 떨어져 나갔다.

카이론은 그런 에라크루네스 공작에게 곧바로 따라 붙어 언월도를 위에서 아래로 휘둘렀다. 그 황망한 가운데에서도 에라크루네스 공작은 몸을 움직여 카이론의 언월도를 피해냈다.

콰직!

"크윽!"

하나 완벽하게 피해내지는 못했다. 카이론의 언월도가 에라크루네스 공작의 어깨를 강타했다. 도신이 푹 잠기도록 깊숙하게 살점을 파고들었다. 그에 공작은 짧은 비명을 지르며 왼손으로 오른쪽 어깨에 박힌 언월을 잡으려 들었다.

콰자자작!

"끄아악!"

카이론은 용서가 없었다. 그는 어깨에 박힌 언월도를 그대로 회전시켰다. 실로 말도 안 되는 완력이라 할 수 있었다.

순식간에 에라크루네스 공작의 어깨가 너덜너덜해지며 구멍이 뻥 뚫렸다.

아니, 구멍이 뚫린 것이 아니라 완전히 팔 하나가 절단 난 것이나 다름없었다. 그리고 또 다른 두 자루의 나노 튜브 블레이드가 에라크루네스 공작의 심장과 복부를 향해 쇄도해 들었다.

"우와아악!"

연속적으로 당하기만 하던 에라크루네스 공작이 갑자기 커다란 함성을 질렀다. 그 함성이 어찌나 크던지 가까이 있는 자는 고막이 찢어져 나갈 성 싶었다. 하나 그런 얕은 수는 카이론에게 통하지 않았다.

서걱!

카이론은 언월도를 길게 그었고, 에라크루네스 공작의 오른쪽 팔이 툭하며 잘려 나갔다.

슈칵!

그리고 두 자루의 나노 튜브 블레이드 역시 에라크루네스 공작의 심장과 복부에 정확하게 박혀들었다.

"컥!"

눈이 찢어질 듯 부릅떠지고 입이 떡하니 벌어졌다.

"언데드나 마족이나 목이 잘리면 끝이지."

"어떻게……?"

마족을 죽이는 방법을 어떻게 알았느냐는 질문일 것이다. 마족이나 언데드가 사라진지 오래이거늘 말이다. 하나 그런 그를 보며 카이론은 지극히 서늘한 눈동자로 입을 열었다.

"말하지 않았던가? 데미 갓 리치와 대적해 본 적이 있다고 말이지."

"사… 실이었던 건가?"

놀라는 공작을 보며 카이론이 싸늘한 미소를 지었다.

"더 이상의 시간은 무의미하군."

"큭! 알고 있었던가?"

"마족들의 수작이 그렇지."

"미개한 인간놈에게……."

슈칵!

카이론은 망설임 없이 마족의 목을 잘라내 버렸다. 그 순간 두 자루의 나노 튜브 블레이드 역시 공작의 심장과 복부를 헤집어 가루로 만들어 버렸다. 그러자 공작을 둘러싸고 있던 암흑의 기운이 서서히 사라지기 시작했다.

반인반마의 상태였던 에라크루네스 공작은 점점 본래의 모습으로 돌아오고 있었다. 그리고 카이론은 그 모습을 냉정하게 바라보고 있었다. 에라크루네스 공작은 목이 잘려 나갔음에도 불구하고 헐떡이며 말했다.

"저주한다……."

"죽은 것이 아니었나?"

카이론은 다시 언월도를 들어 올렸다. 그러한 카이론의 모습을 독기를 품고 바라보는 에라크루네스 공작의 눈가는 찢어져 검붉은 핏물이 흘러내리고 있었으며, 목에서도 검붉은 핏물이 연신 뿜어져 나오고 있었다.

어찌 인간이 목이 잘렸음에도 살아 있을 수 있을까?

"내 다시 살아난다면 반드시 네놈의 육신을 사분오열하고 말 것이다."

"그것은 살았을 때 이야기겠지."

"내 반드시……."

서걱! 투둑!

에라크루네스 공작은 말을 다 잇지 못했다. 카이론이 언월도를 수직으로 내리 그었기 때문이다. 비명조차 없었다. 사람의 형상으로 돌아와서인지 검붉은 핏물이 배어나왔다. 하지만 뇌수도 흘러나오지 않았고, 종내에 흘러내린 핏물은 진득하고 탁한 검은색 핏물이었다.

"끝났군."

카이론은 무심하게 한마디를 내뱉은 후 다시 걸음을 옮겼다. 그의 걸음은 점점 빨라지더니 뛰듯이 걷기 시작했고, 종내에는 잔상을 남길 정도로 빠르게 움직여 나갔다.

그리고 그가 도착한 곳은 아직 악몽의 기사단과 키메라와의 전투가 끝나지 않은 곳이었다.

쉬이이이익!

높은 허공에서 그의 신형이 떨어져 내렸다. 그 누구도 그의 등장을 알아차리지 못했고, 카이론은 떨어져 내리는 그대로 언월도를 그어 내렸다. 그와 함께 두 자루의 나노 튜브 블레이드 역시 튕기듯이 사방을 휘저으며 쏟아져 나갔다.

서걱! 스가가각!

비명도 없었다. 단지 검은 핏물과 함께 허물어져 내리는 일단의 악몽의 기사와 키메라였다.

와작! 쩌억!

막 키메라 한 마리의 목을 베어 넘긴 키튼이 카이론의 등장에 고개를 절레절레 저으며 입을 열었다.

"어따~ 그 양반 빠르기도 해라. 끌고 간 놈도 어지간하더만."

"크르르. 죽.어.라."

그때 딱딱 한 글자씩 끊어서 외치며 한 마리의 키메라가 키튼을 향해 쇄도했다. 순간 키튼은 미간을 접으며 가래침을 탁 뱉어 냈다.

"아따, 새끼들 급하기는. 안 달려와도 어련히 알아서 안 보내줄까 봐."

스걱!

말과 함께 키튼의 신형이 흐려졌고, 마치 이제 막 말을 뗀 어린 아이처럼 똑같은 말만 되풀이하는 키메라 한 마리의 목이 툭 땅에 떨어져 내렸다. 너무나 가볍게 키메라를 제거해 버리는 키튼이었다.

그의 얼굴은 무심했고, 지극히 냉정한 눈동자로 전장을 바라보고 있었다. 그가 바라보는 전장은 그야말로 처절했다.

약 3천 3백의 악몽의 기사와 키메라. 그리고 7천 3백의 예니체리와 호위대.

그들은 처절하게 싸우고 있었다. 예니체리는 동료의 원수를 갚기 위해서, 악몽의 기사와 키메라는 오로지 받아든 명령을 수행할 뿐이었다. 무감정과 감정이 부딪히고 있었다.

하지만 아무리 예니체리가 강하다고 할지라도 이미 인간의 한계를 넘어선 키메라와 악몽의 기사를 상대하기에는 부족함이 있었다.

일대일이 안 되니 두 명이서, 두 명이서 안 되니 다시 세 명이서 뭉쳐서 키메라와 악몽의 기사를 상대했다.

하지만 악몽의 기사에게는 상대조차 되지 않았다. 악몽의 기사 같은 경우 그들은 이미 인간의 기사와 비교하면 익스퍼트 중급의 수준인 그들이었다. 그리고 어둠의 마나를 자유자재로 사용하고 있음이니 3백의 호위대가 아니면 그들을 상대하기조차 힘들었다.

예니체리는 그것을 빠르게 깨달았다. 그리고 3천의 키메라 병사에 달라붙었다. 당연히 3백의 호위대와 3백의 악몽의 기사가 부딪혔고, 처음에는 백중세를 유지했다. 하나 시간이 지날수록 예니체리와 3백의 호위대는 밀릴 수밖에 없었다.

그것은 바로 인간의 한계를 넘어선 악몽의 기사와 키메라 병사의 체력 때문이라 할 수 있었다.

그때 일곱 개의 별이 개입하기 시작했다. 세븐 스타. 그들은 유성우가 되어 예니체리와 3백의 호위대를 몰아붙이는 악몽의 기사와 키메라 병사를 조각냈다.

"용서하지 않는다."

그중 불카투스의 활약은 그야말로 눈부셨다. 그의 종족이 사라지는 데 지대한 역할을 한 존재들이 바로 이들과 같이 흑마법에 물들어 이성을 잃은 채 덤벼드는 상종 못 할 종자들이었다.

"죽인다!"

콰아아악!

두 자루의 베틀 엑스가 허공으로 비산할 때마다 키메라 병사들은 육편이 되어 허공에 흩뿌려졌다. 그러나 주춤거리는 키메라 병사는 없었다. 오히려 그 피 냄새를 맡고 더욱더 강력한 전투력을 발휘하고 있었다.

팔이 잘리면 죽은 키메라의 살점을 뜯어 보충했고, 복부가 뚫린 채 예니체리 병사의 목을 물고 그 피를 마셨다. 키메라 병사들의 목을 베거나 머리를 박살 내지 않는 한 끊임없이 재생되었다.

파각! 쩌어엉!

누군가 불카투스의 등을 가격했다. 그리고 무언가가 불카투스의 등에 달라붙었다. 불카투스가 아무리 굉렬한 힘을 가진 존재라고는 하나 자신의 등 뒤까지 어찌할 수 있을 정도의 실력은 되지 않았다.

불카투스의 등 뒤에 달라붙은 것은 키메라 병사였다. 기괴하게 손과 발이 늘어나 엑스자로 엇갈려 잡고, 입이 좌우로 죽 늘어나며 수없이 많은 날카로운 이빨이 들어났다.

콰직!

가차없이 불카투스의 등을 물어버리는 키메라.

와직!

하나 키메라가 문 자리에서 희미한 무언가가 생성되며 키메라의 날카로운 이빨을 튕겨냈다. 아니, 튕겨낸 것이 아니라 이빨을 통째로 부숴 버렸다.

후우웅!

불카투스는 거대한 배틀엑스를 등 뒤로 내리꽂았다.

퍼억!

"끄득!"

배틀엑스가 등에 달라붙은 키메라의 척추에 박혀 들었다. 그 즉시 키메라의 등은 회복되기 시작했다. 하지만 불카투스는 배틀엑스를 회수하지 않았다. 아니 오히려 키메라의 재생력을 이용하고 있었다.

배틀엑스가 박힌 채 상처가 재생됨과 동시에 불카투스는 배틀엑스를 들어 올렸다.

와드드득!

그의 앞면을 X자로 교차하여 단단히 묶여 있던 키메라의 팔 다리가 뜯겨 나갔다. 불카투스는 그대로 배틀엑스를 땅으로 찍어내렸다.

"등에 붙었다고 죽이지 못할 것은 없지."

땅으로 찍어내리며 또 다른 키메라의 정수리를 쪼갰다.

와직!

그러면서 그는 다시 배틀엑스를 좌우로 수평으로 들어 올리며 회전하기 시작했다.

"가루를 만들어주마."

콰콰콰콱!

그의 회전에 키메라 병사들이 말려들어 갔다. 말려들어 가면서도 키메라 병사들은 손과 말을 놀렸고, 이빨을 들이밀었다. 그의 주변으로 거대한 공동이 생겨났다.

세븐 스타라 일컬어지는 이들은 모두 각자 뛰어난 실력을 발휘하여 악몽의 기사와 키메라 병사들을 제거해 나가고 있었다.

한 자루의 곡괭이가 키메라 병사의 정수리에 박혀 들었다.

콰직!

검은 핏물이 튀었다. 그 핏물 속에는 정수리를 찍어 내린 예니체리의 병사가 있었다. 그는 웃고 있었다.

"게이트의 복수다. 네놈이 그놈인지는 모르겠다만."

또 다른 곡괭이가 죽어가고 있는 키메라 병사의 목을 그대로 찍었고, 키메라 병사는 입을 쩍 벌리며 뱀처럼 갈라진 혀로 예니체리 병사의 눈을 공격해 들어갔다. 하나 혀는 그 임무를 완수하지 못했다.

날카롭게 다듬어진 칼날이 키메라 병사의 목을 베어버렸기 때문이다. 그때 허공으로 떠오른 키메라 병사의 목을 물고 사라지는 그림자가 있었다.

와득. 와드득.

씹어 먹고 있었다. 한쪽 어깨가 완전히 잘려 나간 키메라 병사였다. 그와 함께 잘린 어깨가 다시 재생되고 있었다.

"미친!"

"죽엇!"

"크르륵!"

키메라 병사는 다가오는 예니체리 병사의 검을 손으로 막아 냈다. 한데 잘려 나가지 않았다. 가죽이 질기긴 했지만 개전 초기만 해도 이렇지는 않았다. 같은 키메라를 먹으면서 더욱더 강해지고 있는 키메라 병사들이었다.

와락!

검을 잡은 키메라 병사가 검을 잡아당겼고, 예니체리의 병사는 끌려가지 않기 위해 하체에 힘을 줬다. 하나 예니체리의 병사는 힘없이 끌려갔고, 키메라 병사의 입은 좌우로 주욱 찢어지며 예니체리 병사의 목을 물었다.

와직!

예니체리 병사의 눈의 부릅떠지고 입이 떡 벌어졌다. 그의 목에서는 피 한 방울 흘러내리지 않았다. 그리고 순식간에 창백하게 변해가더니 종내에는 미이라처럼 푸석푸석 말라 버렸다.

"죽엇!"

예니체리 병사가 날아올라 키메라의 등에 검을 박아넣었다. 예니체리 병사의 검은 키메라 병사의 몸을 관통했다. 키메라 병사는 관통해 튀어나온 검날을 손으로 잡고 앞으로 죽 잡아당겼다.

"어억!"

예니체리의 병사가 당황해하는 그 순간 키메라 병사의 팔이 기괴하게 꺾이면서 예니체리 병사의 심장을 꿰뚫고 있었다.

퍼억!

키메라 병사의 손이 예니체리 병사의 심장을 꺼내 들고 심장을 씹어 삼켰다.

으적. 으적.

스각!

날카로운 검이 키메라 병사의 목을 노리고 날아왔다. 그 기세가 자못 심상치 않음을 느꼈던지 키메라 병사는 팔을 들어 검을 막으려 했지만 소용없었다. 기사의 검은 키메라 병사의 팔과 목을 한꺼번에 잘라 버렸다.

"혼자 대적하지 마라. 삼인 일조임을 명심하라."

키메라 병사를 제거하고 외친 이는 다름 아닌 맥그로우 공작이었다. 키튼이 날뛰고 있었고, 미켈슨, 프라이머, 해머슨, 시모 등이 악몽의 기사와 키메라를 휩쓸고 있었다. 악몽의 기사와 키메라가 많이 줄기는 했지만 호위대와 예니체리 역시 많은 수가 줄었다.

아니, 오히려 호위대와 예니체리의 수가 더 많이 줄었다고 할 수 있었다.

죽여도 제대로 죽이지 않는다면 다시 살아나는 키메라와 풀 플레이트를 입고 웬만한 검격은 튕겨 내버리는 악몽의 기사들, 그리고 절대 지치지 않은 체력을 지닌 자들.

자연 지칠 수밖에 없었다.

그때 카이론이 하늘에서 떨어져 내린 것이었다. 단 한 번의 휘두름에 악몽의 기사 하나와 키메라 병사 셋이 박살 났다.

목을 자른 것은 아니었다. 하지만 완벽하게 먼지가 되어버렸다. 재생할 수조차 없게 말이다.

그 이후로는 말을 하지 않아도 되었다. 그가 가는 곳마다 적들은 힘도 써보지 못한 채 먼지가 되어 흩날렸다.

이미 자신들에게 명령을 내리는 존재가 사라졌기에 오로지 맹목적인 공격만 하고 있는 악몽의 기사와 키메라 병사였다. 단지 카이론 단 한 명이 합류함으로써 전세는 완벽하게 남 카테인 왕국군에게 넘어오고 있었다.

콰직!

카이론의 언월도가 마치 으깨듯이 마지막 남은 악몽의 기사의 머리를 박살 내버렸고, 두 자루의 나노 튜브 블레이드는 네댓 명의 키메라 병사의 목을 베어버렸다.

흉성을 폭발시켜도 소용없었다. 이미 세븐 스타가 전력을 다해 그들을 사냥하기 시작했고, 카이론이 합류했으며, 예니 체리 역시 독기로 무장한 채 네 명이 한 개조가 되어 톱니가 맞물리듯 키메라 병사를 사냥했다.

서걱!

그리고 마침내 마지막 남은 키메라 병사마저 제거되었다. 카이론은 언월도와 나노 튜브 블레이드를 회수하며 사방을 둘러보았다. 7천에 이르던 예니체리 병사는 고작해야 3천 정도 남았을 뿐이었다.

3백이었던 1중대원은 이제 1백 명도 채 되지 않았다.

"군번줄을 회수한다."

"명!"

카이론의 명에 시체 속에서 군번줄을 회수하는 예니체리들은 그 와중에도 키메라 병사와 악몽의 기사의 심장을 찔러 확인 사살을 했다. 그리고 죽은 예니체리의 병사와 호위대를 한군데로 모았다.

산처럼 쌓인 예니체리 병사와 호위대의 주검 앞에 카이론이 횃불을 들고 섰다.

"잊지 않을 것이다. 아니, 잊어서는 안 된다."

그러면서 들고 있던 횃불을 시체 더미에 집어 던졌다. 그 모습을 말없이 지켜보는 호위대와 예니체리의 병사들은 시체가 모두 타 재가 될 때까지 단 한 명도 그 자리를 벗어나지 않았다.

시체가 타는 매캐한 향와 함께 검은 연기가 하늘 높이 솟아올랐고 몇몇 용감한 까마귀가 시체 더미 위를 배회했지만 결코 땅 위로 내려오지는 못했다. 살아남은 이들의 진득한 살기 때문일 것이다.

죽은 시체의 살점이 모두 타고 검은색이 되어버린 뼈만 남았다.

카이론은 검게 타고 남은 뼈 한 조각을 집어 들었다. 그리고 가슴께에 있는 주머니에 집어넣었다.

"회군한다."

"명!"

그들이 등을 돌렸다.

7천 3백이 와 3천이 약간 넘는 인원만이 복귀하고 있었다. 하지만 그들은 더욱더 강해져 있었다.

지독한 살심이 그들 전체를 감싸돌고 있었다. 그들이 사라질 때까지 단 한 마리의 까마귀도 땅 위에 내려오지 않았다.

까아악! 까악!

그리고 한참이 지난 후 한 마리의 까마귀가 땅으로 내려앉았고, 이어 허공을 배회하던 수십 수백의 까마귀가 내려앉았다. 까마귀들은 죽은 시체의 살점을 뜯기에 여념이 없었다.

키메라라고는 하지만 시체는 시체였으니 말이다. 까마귀가 정신없이 죽은 시체를 뜯고 있을 때 한쪽의 공간이 갑자기 일그러지기 시작했다. 검은색과 회색이 한곳을 중심으로 일그러지더니 점점 범위를 확장했다.

그러다 거의 2미터 이상 커졌을 때 그 일그러진 공간에서

한 명이 튀어 나왔다.

"흘흘, 좋구나. 어디 보자아~"

칙칙한 검은색 로브를 착용하고 후드까지 깊숙이 눌러쓴 자. 그의 손에는 작은 해골이 꽂혀 있는 지팡이가 들려 있었다. 그때 일그러진 공간에서 튀어나온 자가 해골 지팡이를 들어 올렸고, 뻥 뚫린 검은색 동공에 사이한 붉은빛이 어렸다.

"호오~ 저곳이란 말이지. 그래 가보자꾸나."

스르르륵.

허공에 둥실 떠오른 자의 신형이 미끄러지듯이 이동했다.

그리고 그러한 그가 도착한 곳은 바로 에라크루네스 공작이 죽어 있는 곳이었다. 흑의 로브인은 죽은 에라크루네스 공작을 유심히 살폈다. 그러다 나직하게 미소지었다.

"흘흘. 좋구나. 딱 좋구나. 드디어 원념으로 가득한 데쓰 나이트를 찾았구나."

그가 지팡이를 들어 올렸다. 그에 예의 사이한 붉은빛이 에라크루네스 공작의 분리된 전신을 감쌌고 이내 붉은 안개가 어리며 분리된 에라크루네스 공작의 신형이 하나로 모이기 시작했다.

하나로 모인 에라크루네스 공작의 얼굴과 목에는 선명한 혈선이 그어져 있었다.

따악!

흑의 로브인의 손가락이 대기와 공명하며 튕겨졌다.

흔들!

그에 이미 죽은 에라크루네스 공작의 신형이 살짝 흔들렸다. 그때를 놓치지 않고 흑의 로브인은 양팔을 하늘 높이 치켜 올리며 무언가를 읊조렸다.

"암흑보다 더 어두운 심연을 가진 자여!

밤보다 더 깊은 원념을 지닌 자여!

혼돈의 바다를 지나 카론의 강을 건너려는 이여!

칠흑의 어둠으로 변하여 권좌에 오르고자 하는 어둠의 왕이여!

나 여기서 너에게 바라노니 내 앞에 이승의 끈을 놓고 저승으로 향하는 존재.

슬픔과 비통함의 아케론 강을.

탄식의 코키투스 강을.

불지옥의 플레게톤 강을.

증오의 스틱스 강을.

망각의 레테 강을.

건너려 하는 자의 영혼을 잡아 이곳으로 이끄소서."

휘우우우웅!

검은색 기류가 흑의 로브인의 지팡이로 몰려들기 시작했다.

뭉클! 뭉클!

어둠이 한군데 모여 어우러지며 지독할 정도의 사이한 기운을 내뿜기 시작했다. 그 어둠은 사람의 얼굴의 형상을 띠고 있었다. 흑의 로브인의 얼굴이 창백해지면서 신중해졌다. 그러고는 사이한 붉은빛을 머금은 해골 지팡이로 에라크루네스 공작을 가리켰다.

휘류류류룡!

검은색 기류가 에라크루네스 공작에게로 향했으며 그의 전신을 탐색하듯 휘감더니 이내 한 줄기 얇은 끈의 형상이 되어 에라크루네스 공작의 정수리를 파고들기 시작했다.

부르르르!

순간 죽은 에라크루네스 공작의 신형이 잘게 떨렸다. 창백했던 그의 얼굴이 회백색으로 변하기 시작했다.

에라크루네스 공작의 모습은 점점 기괴하게 변해가기 시작했다. 그 모습을 주의 깊게 지켜보는 흑의 로브인이었다.

에라크루네스 공작의 변신은 한참 동안 지속되었다. 그러기를 두 시간. 마침내 에라크루네스 공작의 정수리를 파고들던 검은색 기류가 완전히 사라졌다.

"크흘흘. 이제 시작이구나. 가자꾸나."

그가 다시 미끄러지듯 움직였다. 그런 그를 따라 움직이는 에라크루네스 공작.

그의 눈동자는 어느새 검은색으로 물들어 있었으며, 이지가 깃들어 있는 모습은 아니었다. 그리고 그를 이끌고 흑의 로브인이 도착한 곳은 역시 수많은 시체가 있는 곳이었다.

흑의 로브인은 주변을 훑어보더니 나직하게 혀를 찼다.

"쯧. 쓸 만한 놈이 별로 없군."

카이론과 그를 따르는 예니체리는 악몽의 기사들과 키메라를 곱게 죽이지 않았다. 목이 잘리고, 팔이 잘리고, 가루가 되어 흩날려 있었다. 하나 그렇다고 해도 쓸 만한 것들이 전혀 없는 것은 아니었다. 다시 흑의 로브인은 해골 지팡이를 들어 올렸다.

해골 지팡이의 뻥 뚫린 두 눈에서 사이한 붉은빛이 쏟아져 죽어 널브러진 악몽의 기사와 키메라를 뒤덮었다. 꽤나 힘든 작업인지 흑의 로브인의 깊숙이 눌러쓴 후드 아래로 보이는 회백색의 얇은 턱이 잘게 떨리고 있었다.

"원념으로 가득 찬 기사들이여.

일어나 다시 피를 마시고, 살을 씹으며, 뼈를 부셔라.

아직 카론의 강을 건널 시간이 아님에 안식에 들기 전까지 다시 이곳에 자리해 어둠의 근간으로 살아가라."

흑의 로브인은 에라크루네스 공작을 일으킬 때와는 조금 다른 주문을 읊조렸고, 사방으로 널브러졌있던 악몽의 기사의 시체가 서서히 진동하기 시작했다. 팔이 돌아오고 다리가 이어졌다.

하나 완벽하지는 않았던지 뻥 뚫린 심장이나 잘려진 목은 돌아오지 않았다. 그런데 기이한 현상이 있었으니 죽었던 악몽의 기사가 서서히 일어나 어기적거리며 걸음을 옮겼고, 각자의 떨어진 목을 주워 들은 것이었다.

그 수효가 1백에 가까웠고, 키메라로 만들어졌던 병사들역시 목을 들고 일어서고 있었다. 실로 기괴한 모습이라 할수 있었다.

"크흘흘! 훌륭하구나. 훌륭해."

회백색의 얇은 입술이 움직이며 기묘한 웃음을 터뜨렸다. 그러다 예의 지팡이를 다시 들어 올렸고, 1천의 목을 든 시체들은 그 지팡이의 사이한 붉은빛을 따라 움직이기 시작했다.

처음엔 아주 천천히 이동하더니 몇 분 지나지 않아, 눈에보이지 않을 정도로 빨리 움직이기 시작했다.

죽은 자들이 지천으로 깔려 있던 곳에 휑뎅그렁하니 아무것도 남지 않았다. 흑의 로브인을 따라 간 목을 든 기사들과병사들은 이미 사라진지 오래였고, 까마귀들은 대지를 새까

맣게 물들일 정도로 자리했다.

그리고 약간의 시간이 지난 후 허공에서 공간의 일그러짐이 일어났고 그 일그러짐이 사라지자 한 명의 사내가 허공에 서 있었다.

"드디어 꼬리를 잡았군."

그는 다름 아닌 알프레드 슐리펜이었다. 중간계를 수호하는 드래곤으로서 중간계를 어지럽히고 있는 흑마법서를 회수하고, 그 추종자들을 멸절시킬 의무를 가진 자.

또한, 카이론에 의해 흑마법에 조종되고 있는 이들을 색출해 제거하는 임무를 떠맡은 자.

슐리펜은 흑의 로브인과 1천의 목을 든 기사가 사라진 곳을 바라보았다.

"4천 년 만에 인세에 다시 죽은 자들의 단장인 데쓰 나이트와 듀라한이 등장하는 것인가? 나는 어찌해야 하는 것인가?"

슐리펜은 고민하기 시작했다. 이것을 알려야 하는 것인지 아니면 자신이 해결해야 할 것인지 말이다. 드래곤이 아무리 중간계를 수호하는 임무를 가진다고는 하지만 마족이 직접적으로 나타나지 않는 한 관조할 수밖에 없었다.

마족이 나타나기는 했으나 이미 카이론에 의해 제거된 상태. 그리고 흑마법사나 데쓰 나이트 혹은 듀라한은 흑마법에 의한 존재이기는 하나 마족은 아니었다.

"그에게는… 말을 해줘도 되겠지."

결국 슐리펜은 인간의 일은 인간이 끝을 내도록 하는 것이 맞다고 생각했다.

"그의 말처럼 인간의 일은 인간의 손으로 해결하는 것이 맞을 것이고 말이지."

그랬다.

카이론은 슐리펜이 개입하는 것을 극도로 싫어했다. 그래서 자신을 받아들일 때 유희를 즐기는 인간으로서 받아들였다. 결국 흑마법사에 대해서는 자신이 직접 손을 쓸 수 있는 방안은 없었다.

자신은 카이론이 그들을 처리할 때 간접적인 도움을 주는 정도밖에 할 수 없었다. 자신은 그들의 종적을 발견해 냈고, 그에게 그들의 처리를 맡기면 되는 것이다. 그라면 믿을 수 있으니까 말이다.

"텔레포트!"

결정을 내린 그의 행동은 빨랐다.

제6장

엘레크 평원

Warrior

"다시… 살아났다?"

"그래."

"역시 흑마법인가?"

"꽤 뛰어난 흑마법사다."

"네가 감지하지 못할 정도로?"

"흐음. 어떻게 설명해야 할까?"

카이론의 질문에 슐리펜이 팔짱을 낀 채 생각에 잠겼다. 잠시 동안 생각을 정리하는 것 같았다. 그러더니 이내 입을 열었다.

"흑마법사라는 존재는 어둠의 마나를 빌려 쓰면서 상당히 빨리 성장을 하지. 그래서 그런지 몰라도 자신을 숨기는 데에는 탁월한 능력을 보인다. 내가 본체의 모든 것을 사용한다면 모를까 유희를 위해 제약을 둔 상태라면 숨고자 하는 동급, 혹은 한 단계 아래의 흑마법사를 찾아내기란 상당히 요원하지."

"그 말은 최소 그 흑마법사의 실력이 6서클에서 최대 7서클이라는 말이로군."

"글쎄에."

말을 길게 끄는 알프레드 슐리펜. 그러다 다시 입을 열었다.

"느낌상으로 그는 최소 7서클이야. 일단 완벽하지는 않지만 이승을 떠난 영혼을 잡아들였고, 죽은 자를 다시 살려 영혼의 그릇을 만들었지. 특히나 데쓰 나이트의 경우 마스터에 오른 자이기에 그 영혼의 그릇을 만드는 게 더욱 힘들지."

"그런가?"

"그리고 그가 소유하고 있던 해골 지팡이는 6서클의 흑마법사가 만들 수 있는 수준의 마법 물품이 아니거든."

"7서클이라… 게다가 놈의 본거지를 탐지해 내지 못했다라?"

카이론은 조용히 생각에 잠겨 들었다. 만만치 않은 세력의 등장이었다. 물론, 절망의 기사들이 모습을 드러냈을 때 어느 정도 예상은 하고 있었다. 하나 이렇게까지 될 줄은 예상하지 못했다.

"뭐, 상관없겠지."

카이론의 말에 의문이 깃든 눈으로 그를 바라보는 알프레드였다.

"무슨 의미인가?"

"제3의 세력이라는 생각은 들지 않는군."

카이론의 말에 동의한다는 듯이 고개를 끄덕인 알프레드.

"그 말이 맞겠지. 만약 그랬다면 이미 어느 정도 그들의 정체가 모습을 드러냈을 터이니 말이지. 그렇다면 역시 나파즈 왕국이겠군."

"가장 깔끔하게 정리해야 될 왕국이지."

"또 하나의 이유가 늘었군."

"그런 셈이지."

카이론과 알프레드는 담담하게 대화를 주고받았다.

"일단은 그들은 두고, 현실에 충실해야지."

"현실?"

"나파즈 왕국을 정벌하기 전 배후를 든든하게 하는 것도 중요한 일이지."

"그렇군. 자네 정도라면 카테인 왕국의 안녕쯤은 문제없을 것이라 생각했네만."

"전쟁은 혼자 하는 것이 아니니까."

"그도 그렇군. 혼자 하는 것이라고 하면 이미 하나로 일통했겠지."

"나를 너무 과대평가하는군."

"홋! 과대평가라니."

카이론의 말에 알프레드는 말도 안 된다는 표정을 지어 보였다.

"두 명의 마스터를 수하로 거느리고 있으며, 그 가진 바 무력은 상급 마족쯤은 식후 운동거리 정도로밖에 되지 않는 자가 과대평가라니. 내 생각에는 오히려 스스로를 너무 과소평가하고 있는 것 같군."

"당사자를 앞에 두고 금칠을 하는군."

"아니, 아니지. 현재의 상황을 냉철하게 평가한 것이지. 지금까지 자네가 이룬 일을 생각한다면 인간으로서 결코 쉽게 이룰 수 있는 업적은 아니니 말이네."

"그런가? 자네가 그렇다면 그런 것이겠지."

어느새 카이론과 알프레드는 인간과 드래곤이 아닌 서로를 인정해 주는 진정한 친구가 되어 있었다.

자신의 의견에 동의한 카이론을 보며 살짝 웃음을 지어 보이던 알프레드가 이내 자세를 바로잡고 정색을 하며 물었다.

"어쨌든 어떻게 할 것인가?"

"주인이 나오게 하려면 주인 집 개를 패면 되는 법이지."

"북으로 진격하겠다는 말이로군."

"그렇지."

"어떻게?"

"두 개의 주공."

"조공 없이?"

"그렇지."

카이론의 말에 알프레드는 무슨 뜻인지 알겠다는 듯이 시원한 웃음을 지어 보였다.

"적을 기만할 작정이로군."

"아니. 말 그대로 둘 모두 주공이네."

"그 말은."

"이 내전을 최대한 빨리 끝낼 생각이네."

"나를 개입시킬 생각이로군."

"드래곤으로서가 아닌 인간 알프레드 슐리펜으로서지. 7서클의 대마도사이자 카테인 왕국의 어둠의 검으로서 말이지."

"그건 꽤 괜찮은 생각이로군."

"내 생각도 그러네."

서로의 생각에 동의하는 둘이었다. 그렇게 서로의 생각을 정리하기 위해 깊은 생각에 잠겼다. 그러다 어느 정도의 시간이 지난 후 생각을 정리했는지 알프레드가 카이론에게 물었다.

"내가 향해야 할 곳은?"

"갈로스 성."

"자네가 갈 곳은?"

"엘도르 성."

"흐음."

카이론의 말에 팔짱을 낀 채 탁자 위에 놓인 지도를 바라보던 알프레드가 무엇을 생각했는지 슬쩍 미소를 떠올렸다.

"적의 턱밑과 뒤통수에 송곳을 들이대는 위치로군."

"그런 셈이지."

갈로스 성은 왕도로부터 남서쪽에 위치하고 있었으며, 왕도로 접근할 수 있는 최단 거리에 있었다. 그리고 그 중간에는 칼날 산맥이 위치하고 있었다. 이 칼날 산맥은 수없이 많은 봉우리가 칼처럼 뾰족뾰족하게 서 있었고, 오로지 하나의 길이 존재했다.

또한 그 칼날 산맥의 처음과 끝에는 관문 산성이 존재해 그 누구의 진입도 허용하지 않았다.

1천이라는 적은 병력으로 1만을 막아낼 수 있는 곳. 그렇기 때문에 적들은 방심하고 있을 것이다. 그 누구라도 피하고 싶은 공격 루트였기 때문이었다.

그에 반해 카이론이 향하고자 하는 엘도르 성은 엘레크 평원에 세워진 성들 중 가장 거대한 성의 하나였다. 엘레크 평원은 왕도까지 연결된 끝없는 평원으로 수없이 많은 대로가 얽히고설켜 있는 곳이었다.

평화 시에든 전쟁 시에든 침략받지 않는다면 아군에게 몇백 년 치의 군량을 제공할 수 있는 축복받은 땅이기도 했다.

하지만 평원이라고 해서 결코 공략하기가 편한 것은 아니었다.

산을 볼 수 없는 지역.

보이는 것이라고는 드넓은 평원에 세운 높다란 성들뿐이었다. 그러하기에 더욱 공략하기 힘들었다. 각 지역으로 통하는 길목마다 크고 작은 성과 요새들이 존재했기 때문이었다.

또한, 가리는 것이 없기에 적이 언제 이동하는지 확연하게 구분할 수 있으니, 기습이라든가 혹은 은밀함을 요하는 작전을 펼칠 수조차 없었다.

어찌되었든 갈로스 성이나 엘도르 성이나 분명 공략하기에는 힘든 지역임은 틀림없었다.

하지만 공략하기 힘든 만큼 만약 성공만 한다면 적을 단숨에 제압할 수 있는 장소인 것도 틀림없는 사실이었다.

"쉽지는 않겠으나 그렇다고 아주 공략하기 어려운 지역 역시 아니로군."

"그런가?"

"그래. 자네가 이끌고 갈 병력은 정했나?"

"부사령관으로 불카투스 바엘가르 백작, 참모장으로 엘런 튜링 백작. 그리고 세븐 스타 중 셋을 선발해 지휘관으로 임명할 것이네."

"괜찮군. 출발 일시는 언제쯤인가?"

"준비되는 대로 선후 없이 출발하면 되겠지."

"그 역시 하나의 노림수겠군."

"생각이 있는 자라면 남부에 간자를 침투시켰을 터이니까."

"역시……."

그 답이 나올 줄 알았다는 듯한 표정을 지어 보이는 알프레드는 이내 모든 것을 확인했다는 듯이 자리에서 일어났다.

"그럼 왕도에서나 볼 수 있겠군."

"그런 셈이지."

"무운을 비네."

"운까지 빌 필요 있겠나?"

"하하하. 그런가?"

카이론의 자신감 넘치는 말에 알프레드는 유쾌하게 웃으며 카이론의 막사를 벗어났다. 카이론은 알프레드가 막사를 벗어났음에도 불구하고 꼼짝도 하지 않고 지도를 바라볼 뿐이었다.

어느 정도의 시간이 지났을까, 그의 막사를 들추고 안으로 들어오는 자가 있었다.

바로 라마나와 키튼이었다.

"이야기는 들었수."

"어때?"

키튼의 말에 카이론이 물었다. 한데, 조금 이상했다.

평소대로라면 당연히 라마나에게 물었어야 했다. 그런데 카이론은 키튼에게 묻고 있었고 라마나는 그것을 아주 당연하다는 듯이 여기고 있었다.

"엘레크 평원의 남동쪽에서 접근하는 것이 좋수."

"약간의 언덕이 있는 지형이로군."

"그렇수. 그리고 군을 세 개로 나눠야 하우. 원체 뻥 뚫린 지역이라 한데 모여 움직이면 단박에 알아차릴 것이니 말이우."

"어차피 숨을 곳도 없지 않은가?"

"그래도 군을 세 개로 나눠 진격함으로써 적들의 병력을 분산시킬 수 있잖수."

"그것도 그렇군."

카이론과 키튼의 대화. 사실 키튼이 이렇게 전면으로 나선 이유는 바로 그가 나고 자란 곳이 엘레크 평원이었기 때문이

었다. 그에게 있어 엘레크 평원은 애증이 교차하는 장소라 할
수 있었다.

악몽과 같은 장소. 바로 자신이 노예처럼 학대당하고 착취
당했던 곳이기도 했으니까 말이다. 하지만 아직 자신을 기억
하고 있는 이들이 살아가고 있는 장소이기도 했다.

"어때? 괜찮겠나?"

카이론은 라마나를 향해 고개를 돌린 후 물었다. 라마나는
고개를 주억거리며 동의를 표했다.

"나쁘지 않습니다. 딱히 손볼 곳도 없고요."

"에헴! 내가 이 정도요."

라마나의 말에 으스대는 키튼이었다. 그에 카이론은 피식
웃으며 그 둘을 보며 명령을 내렸다.

"최대한 빨리 준비하도록!"

"명!"

*　　　*　　　*

빠직! 퍼석!

북 카테인 왕국, 왕궁의 은밀한 한 곳.

어둑어둑하고 음습한 기운을 내뿜고 있는 이곳에 한 명의
사내가 앉아 있었다. 그 사내 앞 탁자 위에 놓인 검은색 오러

를 내뿜고 있던 수정 구슬이 가루가 되어 깨져 나갔다.

사내는 무표정하게 그 모습을 지켜보고 있었다.

"결국 이렇게 되고 말았군."

무덤덤한 말이었지만 사내의 목소리는 상당한 아쉬움이 묻어나 있었다.

"쯧쯧. 조금더 버텨줘야만 했거늘 아쉽게 되었군. 뭐 어쩔 수 없지. 망둥이처럼 제멋대로 날뛸 때 어느 정도 예상한 일이었으니 말이야. 중요한 것은 앞으로 어떻게 하느냐이지."

아쉽다는 듯 혼잣말을 내뱉는 사내.

그는 다름 아닌 북 카테인 왕국의 국왕이 된 마샬 국왕이었다. 이곳은 왕궁의 지하실로서 국왕의 침실과 연결된 지하 비밀 공간이었다. 사방의 벽면엔 상당히 많은 검은색 수정구가 놓여 있었고, 군데군데 비어진 곳도 보였다.

그의 앞에서 부서져 내린 검은색 수정구는 가장 크고 탐나는 빛을 내뿜었었다. 바로 페테스브루넌 에라크루네스 공작의 수정구였으니까 말이다. 하지만 이제는 완벽하게 부서져 버렸다.

그때 비밀 공간의 한쪽이 소리도 없이 열리며 한 명의 인물이 들어서고 있었다.

창백한 회백색의 얼굴, 날카로운 눈초리와 짙게 드리운 다크서클, 상당히 큰 신장을 가져서인지 호리호리하다기보다는 깡말랐다고 해도 과언이 아닌 체구, 고급스러운 차림을 하고 있었기에 그 음습한 모습을 조금이나마 가려줄 수 있었다.

"왔는가?"

"예에~"

마샬 국왕은 마치 그가 올 줄 알고 있었다는 듯이 입을 열어 물었다. 그자의 정체는 본국에서 자신을 돕기 위해 보내온 6서클의 흑마법사 헨리 루카스 백작이었다. 자신을 돕기 위해 보냈다고는 하지만 사실 자신을 감시할 목적임을 모르지 않았다.

그 때문에 마샬 국왕은 그를 별로 신뢰하지 않았다. 자신을 돕는다고는 하지만 자신의 일거수일투족을 모두 본국에, 아니, 엄밀히 말한다면 자신의 가장 강력한 경쟁자인 일 왕자에게 보고하는 그를 신뢰한다는 것 자체가 이상할 것이다.

그때 루카스 백작을 뒤따라 또 한 명이 비밀 공간에 발을 디뎠다. 하지만 마샬 국왕이나 루카스 백작은 그가 누구인지 안다는 듯이 고개조차 돌리지 않았다.

그는 다름 아닌 마샬 국왕과 평생을 같이해 온 이신바예 로마노프 백작이었다. 그는 마샬 국왕의 가장 충직한 기사이자 신하였다. 그는 상황이 마샬 국왕에게 좋지 않은 방향으로 흘러가자 스스로 어둠의 마나를 받아들였다.

타의에 의해 흑마법의 제물이 된 것이 아닌 자의에 의해 스스로 몸을 던진 것이었다. 그리고 겨우 중급에 머물러 있던 자신의 신체를 마스터의 반열까지 끌어 올렸다. 하나 여기에는 치명적인 단점이 있었다.

그것은 바로 로마노프 백작 그 자신이 어둠의 자식이 되어버린 것이었다. 덕분에 어둠 속에서는 마스터를 상회하는 능력을 발휘할 수 있으나 태양이 중천에 떠 있는 시간에는 한없이 약해진다는 것이었다.

처음엔 별로 큰 일이 아니라고 생각했다. 하지만 시간이 지날수록 본국에서나 카테인 왕국에서나 자신의 입지가 좁아짐에 조급증이 생기게 되었다.

그리고 결국 마샬 국왕은 결단을 내릴 수밖에 없었다.

자신을 감시하기 위해 보내진 루카스 백작과 자신의 절대적인 충신이자 기사인 로마노프 백작을 한 자리에 부른 것이었다.

로마노프 백작은 여전히 충직한 표정이었고, 루카스 백작은 뱀과 같은 차가운 눈초리로 지금의 상황을 파악하고 있었다.

"소작을 부르신 연유가?"

대충 눈치를 챘으면서도 연유를 묻는 루카스 백작이었다. 그런 루카스 백작의 행동을 보며 로마노프 백작이 인상을 찌푸렸다.

"감히……."

"아! 되었네. 어차피 그런 허례를 차리기 위해 자리를 마련한 것이 아니니."

"그렇군요."

루카스 백작의 붉고 얇은 입술이 미묘하게 꿈틀거렸다. 보는 이로 하여금 불쾌함을 느끼게 하는 그런 웃음이었다.

"부탁할 것이 있네."

"부탁이라… 이거 실로 대단한 일이로군요. 북 카테인 왕국의 국왕 전하께서 이 미천한 저에게 부탁을 다 하시다니요. 허허허. 살다 보니 이런 일도 있군요."

루카스 백작은 마샬 국왕의 말에 썩 기분이 좋다는 듯이 웃으며 말했다. 허나, 그의 말 속에는 진득한 비웃음이 담겨져 있음을 알 수 있었다.

"감히 어느 안전이라고 그 입을 나불거리는 건가?"

그에 참지 못한 로마노프 백작이 검을 빼들고 루카스 백작의 목을 겨눴다. 하나 로마노프 백작의 검은 더 이상 앞으로 나아가지 못했다. 마치 무슨 거대한 벽에 막힌 듯이 말이다. 그런 로마노프 백작을 바라보며 루카스 백작은 가소롭다는 듯이 웃었다.

"어둠의 힘이라 하여 같은 어둠의 힘인 줄 아는구나. 어리석은 자."

"이익!"

"앉게. 같은 곳을 바라보는 처지에 이 무슨 추태인가?"

마샬 국왕의 말에 로마노프 백작은 검을 거두지 않을 수 없었다. 마샬 국왕은 말없이 상황이 진정되기를 기다린 후 입을 열었다.

"에라크루네스 공작이 죽었네."

마샬 국왕은 혼자 있을 때와는 달리 자신의 실수를 절감하고 지극히 비통하다는 듯이 침통한 표정을 지어 보이고 있었다.

"허어~"

"한 손으로 열 손을 감당할 수 없는 일이지요."

"그래. 그렇더군."

"국왕 전하께서 확실하게 휘어잡으셨어야 하는데. 조금 아쉽군요."

거만하게 말을 받고 있는 루카스 백작. 그 순간 마샬 국왕의 눈동자에서는 악독한 빛이 떠올랐다 사라졌다. 불행히도 루카스 백작은 그것을 볼 수 없었다.

"그래. 내가 잘못한 점은 인정하네."

마샬 국왕이 다 죽어가는 목소리로 힘없이 자신의 잘못을 인정했다.

"알면 되었습니다."

거만하게 턱을 치켜드는 루카스 백작의 모습에 로마노프 백작의 손아귀에 힘이 들어갔다.

손을 까딱여 그를 제지한 마샬 국왕은 다시 축 늘어진 모양새로 입을 열었다.

"그래서 부탁을 하나 들어줬으면 하네. 그리고 꼭 들어줘야 할 것이네."

"제가 그래야 할 이유가 있습니까?"

"이대로 실패한다면 그대 또한 그 책임에서 가볍지 않을 터인데 말이지."

루카스 백작과 마샬 국왕의 시선이 얽혀 들었다.

마샬 국왕은 서서히 본래의 냉철한 모습을 찾아가고 있었다.

'과연… 왕좌를 노릴 만한 인물이로군.'

속으로 그를 인정하지 않을 수 없는 루카스 백작이었다. 하나 자신과 노선을 달리하는 자. 아니, 반드시 제거되어야 할 자이기도 했다.

'다시 복권되기 위해서라도 말이지.'

권력의 중심에서 멀어진다는 것은 권력자의 관심으로부터 멀어진다는 것이다. 즉, 중요한 임무를 띠고 파견되었으나 자신은 좌천된 것이나 다름없는 것이다.

그리고 이 위기를 기회로 만들기 위해서는 마샬 국왕에 대한 감시를 강화시키고, 그가 가질 공을 자신이 지지하는 권력자에게 귀속시켜야만 했다.

마샬 국왕은 그것을 꿰뚫고 있는 것이었다. 그러함에도 그는 루카스 백작을 이용하려 들었다. 적이지만 감탄할 만한 인물이기는 했다.

"노회하시군요."

"아무래도 백작보다 오랜 시간 동안 험하게 살아왔으니까. 아무리 끈 떨어진 연 신세라 해도 아직까지 나는 나파즈 왕국의 삼 왕자이고, 북 카테인 왕국의 국왕이니까."

그의 말은 여러 가지를 담고 있었다. 네놈이 아무리 대단한 흑마법사라 할지라도 내 명을 거역하면 결국 죽일 수밖에 없다는 것을 말이다. 그에 루카스 백작은 재빠르게 그 어간을 파악하고 정색을 했다.

하긴 그렇기는 했다. 자신이 일 왕자를 섬기기는 하나 파견되어 온 상태. 감시의 임무도 임무이지만 마샬 국왕을 도와 카테인 왕국을 도모하는 데 일조를 해야만 했다. 만약 그렇지 못한다면 자신이 끈 떨어진 연과 같은 신세가 될 것을 알고 있었다.

"무엇입니까?"

"지금쯤은 초입이겠지?"

마샬 국왕의 말에 살짝 놀란 빛을 띠는 루카스 백작이었다.

지금 이곳은 전쟁 중이었다. 피가 그리고 시체가 널린 곳이라 할 수 있었다.

피와 시체는 흑마법사에게 최고의 제물이었다. 때문에 이곳에 왔을 때보다 한 단계 정도 단계가 상승한 상태라 할 수 있었다.

그리고 마샬 국왕은 그것을 전부 알고 있음에도 그동안 모른 체하고 있다 결정적인 상황에서 자신을 움직일 카드로 내보이고 있었다. 아무리 본국의 감시자 역할로 왔다고 하지만 전쟁을 빌미로 사람을 제물로 삼아 실력을 상승시키는 것은 그리 훌륭한 방법이 아니었기 때문이었다.

그것은 바로 나파즈 왕국이 무력으로 카테인 왕국을 흡수하고 싶은 것이 아니라 카테인 왕국의 모든 것을 있는 그대로 편입시키려 하고 있기 때문이었다. 전쟁 중임에도 불구하고 백성들에게 불합리한 강제력을 동원하지 않는 이유도 바로 여기에 있었다.

'알고 있음에도 방치하고 있었던 건가?'

루카스 백작의 얼굴이 회백색으로 굳어져 갔다. 언젠가는 드러날 것이라 생각했다. 하나 그 시기가 너무 빨랐다.

그렇다는 것은 처음부터 자신의 일거수일투족을 감시했다는 것을 의미했다.

'하지만 어떻게?'

의문이 깃들었다. 그러나 지금은 그것을 알 수 있는 방법이 없었다. 지금 이 순간 중요한 것은 마샬 국왕의 카드를 받느냐 마느냐일 것이다.

루카스 백작의 눈동자가 침잠해 들어갔다. 신중해야만 했다. 자신은 지금 마샬 국왕의 행보에 있어서 절대적으로 반하는 행위를 하고 있었던 것이다.

'확실히 마샬 국왕에 대한 북 카테인 왕국의 귀족들이나 기사들의 인식이 나쁘지는 않지. 이 상황에서 그들을 제물로 삼은 나의 행위는?

확실히 마샬 국왕에 대한 백성들의 인식은 그리 나쁘지 않았음이니 나름 선정을 베풀고 있다고 봐도 무방했다. 이대로 카테인 왕국을 병합시킨다면 원래 나파즈 왕국의 국왕이 원하는 목적을 이루는 것이나 다름없으니 그가 후계가 됨은 분명했다.

그런 와중에 일개 백작이 그의 30년 공로를 수포로 돌아가게 하는 행동을 했으니 어떻게 보면 루카스 백작 역시 마샬 국왕에게 약점을 잡힌 것이나 다름없었다.

"음, 어떤 부탁입니까?"

루카스 백작은 얼굴을 잔뜩 찌푸린 채 입을 열었다. 그런 루카스 백작을 보며 설핏 미소를 떠올린 마샬 국왕이었다. 그 미소를 보던 루카스 백작은 자신이 당했다는 것을 느꼈으나 어쩔 수 없음을 알았다.

"자네가 참전해 줘야겠어."

"그거면 됩니까?"

"그리고……."

"또 있습니까?"

"로마노프 백작을 온전하게 만들어 줘야 할 것 같아. 그는 중요한 전력이니 말이야."

마샬 국왕의 말에 루카스 백작은 흘깃 로마노프 백작을 바라보더니 무심하게 입을 열었다.

"천 명의 신선한 심장이 필요합니다."

"들어주지."

"주군!"

마샬 국왕과 루카스 백작의 대화를 조용히 듣고 있던 로마노프 백작이 반발하려 했다. 하나 마샬 국왕은 손을 들어 그의 발언을 제지했다.

"따르게. 나에게 반쪽짜리 마스터는 필요 없네."

"끄응."

마샬 국왕의 말에 말문을 닫는 로마노프 백작이었다.

"가능하겠나?"

"가능하지 않으면 시키지 않을 요량이십니까?"

"그럴 리가 있겠는가? 어쩌면 이것은 내 목숨줄이나 다름

없는데 말이지."

"준비되면 바로 시행할 수 있습니다."

"준비는 이미 해놓았네. 그리고 그 시술에 나 또한 참관하겠네."

"참관이십니까?"

"그 이상이면 그대가 반발할 것 같군."

마샬 국왕의 말에 루카스 백작은 붉고 얇은 입술 꼬리를 말아 올렸다.

"만약 제가 일 왕자 전하를 먼저 만나지 않았다면 마샬 국왕 전하를 모셨을 것입니다."

"듣기 나쁘지 않군. 로마노프 백작은 준비하게."

"명을 따릅니다."

*　　　*　　　*

"남부군이 밀려오고 있습니다."

"규모는?"

"5만 정도로 추정되고 있습니다."

"5만이라… 애매하군."

"그것도 세 방향으로 나눠져서 진격해 오고 있다 합니다."

"세 방향으로?"

"크림슨 성과 롤랑 성 그리고 이곳입니다."

이곳은 노튼 성의 회의실.

노튼 성의 성주인 아이반 드미트리예비치 백작과 부관인 아크바르 메르시에 자작, 참모장인 에드손 보첵 남작, 기사단장인 요스데니스 카스티요 자작이 한데 모여 작전 회의를 하고 있는 곳이었다.

"우리 쪽으로 오고 있는 병력의 규모는?"

"1만 정도로 예측됩니다."

"신빙성이 있나?"

"아시지 않습니까? 엘레크 평원에 들어선 이상 병력을 숨길 수 있는 수단은 존재하지 않는다는 것을 말입니다."

"하긴 그렇지."

그랬다. 엘레크 평원은 작은 동산마저도 그 모습을 찾기 힘들었다. 심지어는 어른을 가려줄 수 있는 높이의 나무조차 찾아보기 힘든 지형이라 할 수 있었다. 예측이라고는 하지만 사실상 정확하다 할 수 있었다.

"1만이라… 많은 수가 아님은 분명한데……."

애매한 수다. 이곳 노튼 성에 주둔하고 있는 병력은 기사 300명에 병사가 1만가량이었다. 물론, 노튼 성의 정규 병력은 5천 정도이고 나머지 5천은 자신의 영향력하에 있는 영주들이 이끌고 온 병력이었다.

그럼에도 그들이 미덥지 않아 추가로 5천의 병력을 또 징집하기 위해 준비 중이었다.

그렇게 치면 성에 주둔한 병력만 해도 1만 5천 정도라 할 수 있을 것이다.

이곳 노튼 성은 상당히 단단한 성으로 공성 장비 없이 쉽게 공략할 수 있는 그런 성은 아니었다. 그런데 보고에 의하면 남부군은 공성 부대조차 거느리지 않았다고 한다.

또한, 적어도 한 성을 점령하기 위해서는 성에 주둔한 병력의 세 배 이상을, 압도적으로 몰아붙이기 위해서는 다섯 배 이상의 병력을 동원해야만 했다. 그런데 겨우 1만이라니. 물론, 병력이 적다고 방심한 것은 아니었다.

1만이라는 병력이 그리 많은 수는 아니지만 결코 적은 수도 아니기 때문이었다.

"어떻게 했으면 좋겠나?"

"일단은 상황을 봐가면서 추가로 징집할 필요가 있을 것입니다."

보첵 참모장이 입을 열었다. 그의 발언에 다들 고개를 주억거렸다. 다들 1만이라면 해볼 만하다는 생각을 가지고 있는 것이었다. 적이 아무리 정예병이라고 해도 결코 이곳을 넘을 수 없다고 확신이나 한 듯이 말이다.

"괜찮겠나?"

드미트리예비치 백작이 물었다. 그에 보첵 참모장은 자신감 넘치는 얼굴로 고개를 끄덕였다.

"이곳 노튼 성은 성벽의 높이만 13미터에 달합니다. 거기에 이중 성벽까지. 웬만한 전력이 아니라면 결코 이 성을 넘을 수 없습니다. 게다가 적들의 병력은 1만가량. 1만의 병력으로는 절대로 이 성벽을 넘을 수 없을 것입니다."

누가 들으면 지나친 자신감이라고 할 것이나 드미트리예비치 백작을 비롯한 예하 부관이나 기사단장은 당연하다는 듯 받아들였다. 병력에서 모자라기는 하지만 그동안 충분한 훈련을 거쳤기 때문이었다.

그것은 자신감이었다.

"좋아. 그러면 철저히 준비해 적에게 우리의 무서움을 알려주기로 하지."

"명을 받듭니다."

＊　　　＊　　　＊

"저곳이 노튼 성인가?"

"그렇습니다."

"높군."

"이곳 엘레크 평원에 있는 모든 성은 높이 13미터 이상의 이중 성벽으로 축성되어 있으며, 성 주변으로 폭 10미터, 깊이 5미터의 해자를 가지고 있습니다."

"만만치 않겠군."

"평원 성이라 하나 공략하기에는 산성 못지않을 것입니다."

카이론의 부관이자 참모로 참전한 웰링턴 백작이 입을 열었다. 카이론 역시 노튼 성의 높고 웅장한 모습을 보고 그의 말에 동의하지 않을 수 없었다.

"결국 방법은 정면 돌파겠군."

카이론의 말에 어깨를 으쓱해 보이는 웰링턴 백작이었다.

사실 더 이상 할 것이 없었다. 애초에 진격 속도가 늦을 수 있다는 의견을 들어 공성 부대 자체를 편성하지 않았다. 오로지 1만의 기마병이 다였다.

그들로 공성전을 할 수 있는 방법은 오로지 정면 돌파뿐이었다.

"야습은 어렵겠지?"

"노튼 성을 지키는 드미트리예비치 백작은 결코 쉬운 상대가 아닙니다. 아마도 그는 남부군의 병력이 엘레크 평원으로 향한다는 소식을 전해 듣자마자 자신의 영향력 아래에 있는 주변의 귀족들에게 연통을 넣었을 것입니다."

웰링턴 백작은 그를 아주 잘 안다는 듯이 입을 열었다.

그의 설명을 들은 카이론은 고개를 주억거리며 입을 열었다.

"그를 회유할 수 있는 방법은 없나?"

"뛰어난 자이기는 하나 귀족적인 성향이 강한 자입니다. 그의 주변에 평민 출신의 참모나 영지관을 찾아볼 수 없는 것도 그 이유라 할 수 있습니다. 야망 또한 많은 자이기는 하나 지킬 때와 나아갈 때를 잘 구분하는 자입니다."

카이론이 웰링턴 백작을 바라보더니 입맛을 다셨다.

"결국 회유할 수 없다는 말이로군."

"그렇습니다."

카이론의 말에 수긍하는 웰링턴 백작.

"한데, 이곳을 꼭 점령해야 할 이유가 있나?"

"아이반 드미트리예비치 가문이 왜 아직 백작의 자리에 머물러 있는지는 몰라도 소작이 이곳에 있을 때 그의 가문은 후작 가문으로 승작할 수 있는 가장 유력한 가문이었습니다. 여기서 유력하다는 것은 상당히 넓은 지역을 아우른다는 말이 될 것입니다. 드미트리예비치 백작 가문을 제거한다는 것은 가장 빠르게 엘레크 평원을 평정한다는 말과 다르지 않습니다."

웰링턴 백작의 말에 고개를 끄덕이는 카이론이었다. 충분히 일리 있는 말이었다.

카이론은 말없이 웰링턴 백작을 바라봤다. 그러다 문득 그가 과거 엘레크 평원을 지배하던 유수의 가문 중 하나였다는 것을 생각해 냈다.

"또한, 드미트리예비치 백작의 성을 점령한다면 엘레크 평원의 절반을 평정하는 것과 같습니다. 물론, 애초에 세 갈래로 나눠져 진군했기에 우리 쪽의 병력 또한 다소 줄어들기는 했지만 그래도 해볼 만하다고 생각합니다."

카이론은 끄덕였다.

애초에 적들의 병력을 분산시키기 위해 세 갈래의 진군로를 택한 것이니까 말이다. 그리고 웰링턴 백작이 개인적인 원수 갚기 위해 드미트리예비치 백작 가문의 성을 함락시키려 하는 것이 아님을 알 수 있었다.

"그래도 한번 찔러나 보지?"

"하면, 활을 잘 쏘는 몇 명의 병사를 차출할까 합니다."

"방법이 있기는 있는 모양이로군."

카이론의 말에 웰링턴 백작은 슬쩍 흰 이를 드러내며 시원스럽게 웃어 보였다.

"한번 흔들어볼 작정입니다."

"흐음. 알아서 해. 시간은 얼마나 필요한가?"

"적어도 일주일은……."

웰링턴 백작의 말에 고개를 돌려 그를 뚫어지게 바라보는 카이론이었다. 그 시선을 받은 웰링턴 백작은 뜨끔했는지 다시 입을 열었다.

"5일이면……."

"흐음……."

나직한 한숨을 내쉬며 고개를 돌려 버리는 카이론에 웰링턴 백작이 식은땀을 흘리며 다시 입을 열었다.

"이, 이틀. 몇 명의 병력을 지원해 주시면."

"병력이야 뭐 알아서 해."

"알겠습니다."

"이틀이라… 쉬고 있으면 되는 건가?"

"전투 휴식이라도……."

"그렇게 하지."

"고맙습니다."

웰링턴 백작은 자신이 왜 고맙다고 해야 하는지 몰랐다. 하지만 이렇게 안 하면 악몽에 시달릴 것 같은 생각이 들었다. 카이론의 싸늘하고 끈적한 시선은 결코 쉽게 받아넘길 수 없는 것이었으니까 말이다.

"어찌하시려고……."

그의 곁에 있던 이가 걱정된다는 듯이 물었다.

"후우~ 어쩌겠나. 활 잘 쏘는 병력 스물과 입담과 넉살 좋은 병력 마흔 정도를 선발해 놓게."

"알겠습니다."

명을 받은 이가 병력을 선발하기 위해 자리를 벗어나자 웰링턴 백작은 이내 싸늘한 미소를 떠올렸다. 카이론을 대할 때와는 전혀 다른 모습이라 할 수 있었다.

"이제 시작이로군."

그는 지금 이 상황이 매우 흡족했다. 자신의 모든 역량을 발휘할 수 있는 판이 만들어져 있으니 자신은 그것을 충분히 이용하면 되었다. 그는 잠시 높고 견고한 노튼 성을 바라보다가 자신의 막사를 향해 말을 돌렸고, 막사에 들어가 무언가를 작성했다.

그가 막사에서 나왔을 때는 이미 그의 앞에 60명의 병사들이 줄지어 서 있었다. 웰링턴 백작은 잠시 그들을 바라보더니 입을 열었다.

"궁병 앞으로."

그에 스무 명의 궁병이 그의 앞으로 나왔다.

그는 자신의 옆에 있는 부관에게 자신이 작성한 양피지를 건네줬다.

"이것을 화살에 매 저 성 안으로 쏘아 보낼 수 있겠는가?"

"충분합니다."

사실 그저 활을 쏘는 것과 무언가를 매달고 활을 쏘는 것과는 상당한 차이가 있었다. 그러하기에 미리 확인을 해야 했다. 그는 궁병의 말에 고개를 끄덕인 후 양피지를 나눠줬고, 궁병은 각자 받은 양피지를 화살 끝에 매달았다.

그리고 인솔 기사 네 명을 따라나섰다. 남은 마흔 명의 병사들. 그들은 미리 언질을 받았던지 각양각색의 복장을 하고 있었다.

"그대들은 오늘 해 질 무렵 상행을 따라 성으로 잠입한다. 그리고 그대들이 해야 할 일은……."

웰링턴 백작의 명을 받고 있는 병사들의 얼굴은 긴장감이 어리기보다는 상당히 재미있어하는 표정이었다. 그리고 입이 간질거려서 도저히 참을 수 없다는 표정을 지어 보이고 있었다.

그날 밤.

노튼 성의 네 방향에서 수십 발의 화살이 날아들었다. 경계를 서던 이들은 적의 기습이라고 난리를 떨었지만 시간이 지나도 공격해 오지 않았고 공격할 기미조차 보이지 않았다.

몇 명의 기사와 병사가 날아든 화살을 집어 들었고, 그 화살에 매달려 있는 양피지를 발견했다.

"이게……."

병사 한 명이 양피지를 기사에게 전달했다. 양피지를 읽어 내려가는 기사의 얼굴은 딱딱하게 굳어져 갔다. 그리고 다급하게 입을 열었다.

"양피지를 모두 수거하도록!"

"명!"

대체 몇 발의 화살이 성내에 떨어졌는지 알 수 없는 상황에서 화살에 달린 양피지를 다 수거할 수 있을지는 모를 일이나 기사는 즉각적으로 명을 내렸다. 기사의 명에 발 빠르게 병사들이 움직였다.

"양피지 못 봤나?"

"무슨 양피지?"

"화살에 달려 날아온 양피지 말이네."

"화살? 화살이야 봤지만 양피지는 보지 못했네."

"정말 보지 못했나?"

"저, 정말입니다."

"거짓말일 시에는 군법으로 다룰 것이다."

"히익! 저, 정말입니다요."

병사들간의 대화에 끼어든 기사의 발언에 화살을 들고 있던 병사는 화들짝 놀라 반응했다. 그에 기사는 얼굴을 딱딱하게 굳혔다.

"네가 처음 이 화살을 주웠나?"

"그, 그렇습니다요."

"흐음."

그렇다는 것은 누군가 양피지를 빼돌리고 화살을 버렸다

는 것을 의미했다. 기사는 병사의 눈을 바라봤다. 병사의 눈동자에는 두려움이 가득했으나 결코 거짓말을 하는 것 같지 않았다.

"어쩔 수 없지. 어쨌든 양피지를 발견하는 대로 보고하도록."

"며, 명을 따릅니다."

그 말을 남긴 기사는 일단의 병사를 대동한 채 사라졌다. 그 기사가 사라진 후 한참 동안이나 부동자세로 서 있던 병사는 기사가 사라지고 완벽하게 정적이 감돌기까지 꼼짝도 하지 않았다.

"이, 이봐! 갔네. 갔어."

"어? 어~ 정말 갔네. 으구구, 죽는 줄 알았네."

"한데, 대체 양피지가 뭐길래……."

몇 명의 병사가 모여들었다. 적이 공격할 것을 대비해 비상이 걸리기는 했지만 이미 적의 습격은 없음을 안 후 다시 평상시와 같은 경계 태세로 전환된 상태였다. 하지만 이미 잠이 깨버린 병사들은 숙소로 돌아갈 생각을 하지 않고, 불안한 듯 성 밖을 내다보며 잡담을 하기 시작했다.

"잠깐 들은 이야긴데 말이야……."

그때 누군가 입을 열었다.

"어? 들었다고?"

"그래. 기사님들이 대화하는 것을 조금 듣기는 했어."

"그래 뭔 내용이래?"

"그게……."

"거참, 답답하네. 속 시원하게 말을 해보라니까 그러네. 기사님도 없는데 뭐 어떤가?"

"이거 어디 가서 말하면 안 되네."

"거참. 알았다니까 그러네. 궁금하니 어서 말을 해보게."

"그게 말이네… 후우~ 내일이면 성을 포위하고 모든 길목을 막는다고 하더군."

"그것뿐인가?"

"그건 아니고……."

뭔가 더 있다는 듯 말끝을 흐리는 병사였다. 그에 다른 병사들의 시선이 그 병사에게로 향했다.

"현 북 카테인 왕국의 국왕에 대한 말인데……."

"무슨?"

"그게… 믿을 수 없는 말인데 현 북 카테인 왕국의 국왕 전하께서 나파즈 왕국의 삼 왕자라고 써 있다고 하더군."

"그, 그게 정말인가?"

"그런 말이 있긴 했지만 정말이란 말인가?"

"그리고……."

"그리고 또 있어?"

불안해하는 병사들. 그에 말을 하고 있던 병사도 긴장이 되는지 마른침을 삼켰다.

"북 카테인 왕국의 국왕이… 흑마법사라고 하더군."

"흐, 흑마법사?"

"그… 정말 애들의 팔다리를 잘라내고, 사람의 피를 마시는 그런 흑마법사 말인가?"

"그래……."

"에이! 무슨 말을. 설마 정말 그러겠나?"

누군가 부정했다. 하지만 누군가의 말에 그 병사는 입을 다물어야만 했다.

"이 친구 이거이거 깜깜 무소식이구만?"

"그건 또 무슨 말인가?"

"소문 못 들었나? 에라크루네스 공작이 지나가는 마을이나 성마다 개미 새끼 한 마리 남지 않는다는 것을?"

"듣기는 들었지만 설마 그럴까."

병사의 말에 한심하다는 듯이 그 병사를 바라보는 또 다른 병사. 하지만 대부분의 병사들은 믿지 않는 병사의 말을 오히려 더 믿고 싶은 모양이었다. 그들도 그 소문은 들었다. 하지만 애써 외면할 수밖에 없었다.

자신들이 그런 죽어나가는 자들이 될 것 같아서 말이다. 에라크루네스 공작의 악명은 적군에게뿐만 아니라 아군에게조차 참으로 대단한 것이었으니까 말이다. 그래서 외면했다. 믿고 싶지 않았다.

"정신 차려! 외면한다고 현실이 달라지나? 현실을 똑바로 보란 말이야."

팔짱 낀 병사의 서슬 퍼런 외침에 병사들이 찔끔했다. 마치 도둑질하다 걸린 것처럼 그를 바라볼 뿐이었다.

"알지? 내 고향이 남부라는 거. 그리고 에라크루네스 공작이 지나친 곳에 내가 살던 곳이 있었던 거?"

누군가 고개를 끄덕였다. 하지만 대부분의 병사들은 고개를 갸웃했다. 누군지 모른다. 하지만 누군가가 그의 말에 동조를 하니 그런가 보다 하고 있었다.

"몰래 알아봤어. 다 죽었데… 다 죽었어. 애들까지 전부……. 심지어 그놈들은 자신이 죽인 시체를 씹어 먹고 심장을 빼 그 피를 마셨다고 하더군. 그놈들이 지나간 곳에는 개미 새끼는커녕 어떤 생명체도 살아남지 못했다고 하더군. 너무 잔혹하고 잔인해 풀조차 자라지 않았다고 하네. 자네들은 이 마음을 아나? 그 마음을 아냐고."

"……."

침묵할 수밖에 없었다. 불 뿜는 병사의 말에 압도당하고 있었기 때문이었다. 그 울분이 그대로 자신들에게 전해져 오는 것 같았기 때문이었다.

"죽일 놈들!"

누군가 분에 차서 외쳤다.

"그런데 뭐? 북 카테인 왕국의 국왕이 정통성이 있어? 백성을 사랑해? 웃기는 소리. 말 같지도 않은 소리. 택도 없는 소리! 도대체 뭐가 백성을 위한 것이란 말인가? 어? 우리는 이렇게 죽는구나."

허탈하게 외치는 병사. 분위기가 급속도로 침잠해 들어가기 시작했다. 그리고 그 시각 상당한 양의 양피지를 수거한 기사들이 드미트리예비치 백작에게 보고했다.

"이것을 말이라고……."

어처구니없다는 듯이 분노를 터뜨리는 드미트리예비치 백작. 그 누구도 그의 분노에 입을 열지 못했다.

"몇 장이나, 몇 장이나 회수했나?"

"서른 장 정도입니다."

"날아온 화살은?"

"그것이……."

더듬거리는 기사의 모습에 드미트리예비치 백작은 고개를 저을 수밖에 없었다. 이미 양피지를 훔친 자가 있다는 것을 의미했기 때문이었다.

"의외의 일격이로군."

"저 역시 설마 이렇게 나올 줄은 몰랐습니다."

저들이 공성 부대를 대동하지 않은 이유가 이런 이유인지는 몰랐다. 그러하기에 보첵 참모장은 당황할 수밖에 없었다. 자신의 생각을 뛰어 넘는 자가 적진에 있다는 것이 커다란 부담으로 다가오고 있었기 때문이었다.

"어떻게 해야 할까?"

"병사들을 다독일 수밖에 없지 않겠습니까?"

"그것이 마음대로 될 것 같은가? 적들이 날린 화살을 다 회수하지도 못했으며, 화살에 달린 양피지조차 모두 회수하지 못했거늘."

딱딱하게 굳어 분노를 억누르며 답을 하는 드미트리예비치 백작. 그때 보첵 참모장이 갈라진 목소리로 입을 열었다.

"차라리 기습을 하는 것이 어떻습니까?"

"기습?"

드미트리예비치 백작의 시선이 보첵 참모장에게로 향했다. 그의 눈빛은 이유를 묻고 있었다.

"적은 지금 안심하고 있을 것입니다."

"확실히 그럴 수 있겠지."

보첵 참모장의 말에 드미트리예비치 백작이 고개를 끄덕여 수긍했다. 적은 이미 기습을 가장한 책략을 성공시켰다. 그러하기에 그들은 성안에서 자신들이 그 책략을 수습하기 위해서 동분서주하고 있음을 알고 있을 것이다.

또한 밤중에 나는 소리는 낮 시간에 나는 소리보다 훨씬 더 멀리 또렷하게 퍼지니까 말이다. 그러하기에 그들은 회심의 미소를 떠올리며 편안한 밤을 보낼 수 있을 것이다.

"지금 상황에서는 병사들을 몰아치는 것이 모든 것을 잊게 하는 방법이라 생각합니다."

"그거 괜찮은 생각이로군."

"준비합니까?"

요스데니스 카스티요 기사단장이 자리를 박차고 일어나며 물었다. 해야 한다면 지금 당장 해야 한다. 미루다가는 오히려 적에게 시간을 주게 되기 때문이었다.

"준비하게."

"명!"

드미트리예비치 백작의 명이 떨어지기 무섭게 메르시에 부관과 카스티요 기사단장이 자리를 박차고 나갔다. 그들도 알고 있었다. 시간이 촉박함을 말이다.

쿠르르릉!

노튼 성의 성문이 열렸다.

두두두둑!

해자를 관통하는 성문이 열리자마자 수천의 병사가 쏟아져 나왔다. 그 선두에는 드미트리예비치 백작이 있었고, 그 좌우에는 메리시에 부관과 카스티요 단장이 있었다. 그들이 성문을 나섰을 때 적진은 고요하기만 했다.

그들은 은밀하고 빠르게 전진해 나갔다. 이곳이 아무리 뻥 뚫린 평원 지역이라고는 하나 평생을 이곳에서 살아온 자들이 대부분이었다. 어디가 어둡고, 어디가 밝으며, 어디로 가면 소리가 덜 나게 움직일 수 있는지 손바닥 보듯이 알고 있는 그들이었다.

그들은 그렇게 지형지물을 이용해 적 진지에 접근했고, 마침내 상당한 군막이 진지를 형성하고 있는 적진을 눈앞에 두고 있었다. 적들은 보첵 참모장의 말처럼 계략이 성공했음을 알고 안심하고 있는지 지극히 조용했다.

제7장

에드손 보첵 남작

곳곳에 화톳불이 피어오르고 있었고, 몇몇의 병사가 경계를 위해 순찰을 돌고 있었다. 그 모습을 본 드미트리예비치 백작의 얼굴에 살짝 긴장이 더해졌다.

"보첵 참모장의 생각이 맞았군."

"그렇습니다. 저들은 지금 방심하고 있습니다."

"작전을 시작하게."

다시 은밀하게 움직였다. 어둠 속에서 다시 긴장감이 고조되었다. 하나 남부군은 여전히 깊이 잠들어 있었다. 그러기를 잠시. 마침내 모든 포위가 완료되었음을 알려옴에 드미트리예비치 백작은 검을 뽑아 들며 외쳤다.

"공격하라!"

"공겨억! 공격하라아!"

"우와아아~"

그들은 미친 듯이 적진을 향해 쇄도해 들어갔다.

"죽어랏!"

가장 선두에 선 기사와 병사가 자신들이 공격해 들어감에
도 불구하고 정신없이 잠에 빠져 있는 적의 병사를 공격해 들
었다.

서걱!

비명은 없었다.

순간 기사와 병사는 무언가 이상하다는 생각이 들었다. 분
명 손아귀에 느껴지는 감각은 있었다. 하나 그것은 결코 피륙
을 가르는 감각이 아니었다. 그들이 잠시 주춤하는 사이 노튼
성의 병력은 끊임없이 적진을 향해 쇄도해 들어갔다.

"이, 이상합니다."

가장 먼저 입을 연 것은 역시 메르시에 부관이었다. 손끝에
걸리는 감각이 이상하다는 것을 알아채고 곧바로 자신이 죽
인 병사를 향해 다가가 레더 메일을 뒤적였다. 그러다 화들짝
놀란 눈으로 마상에 있는 드미트리예비치 백작을 바라봤다.

둘의 시선이 얽혀들었다.

"후퇴에~ 후퇴하라아~"

먼저 정신을 차린 것은 드미트리예비치 백작이었다.

'함정이다!'

명확했다. 그는 그것을 깨닫자마자 목이 터져라 외쳤다.

그때였다.

"우와아아~"

"쳐랏!"

"돌겨억! 돌격하라아~"

노튼 성의 병력을 에워싸고 사방에서 들려오는 우레와 같은 함성.

"침착하라! 침착하라!"

"2인 1조로 움직여라!"

"인장기가 있는 곳으로 모여라!"

그들이 외치는 목적은 명백했다. 흩어진 병력을 모으고 한 곳에 힘을 집중해 포위를 뚫고 빠져나가려고 하는 것이었다. 하나 그것을 모를 리 없는 남부군은 그들이 말한 인장기가 있는 곳으로 겹겹이 포위망을 완성하고 있었다.

"크아아악!"

"내, 내 파알!"

팔이 잘려 나가는 자, 목을 부여잡고 쓰러지는 자, 두려움에 그 자리에서 벌벌 떠는 자, 가지각색의 병사들이 보였다.

드미트리예비치 백작은 입술을 잘근잘근 씹었다.

'이들은… 우리의 공격을 알고 있었다.'

분명했다. 자신들이 공격해 들어올 거라는 걸 알고 대비하고 있었다. 그렇다는 것은 이번 야습을 정확하게 예상하고 있었다는 것과 함께 누군가 내부에 적과 내통한 자가 있다는 것을 의미했다.

'대체 누가?'

하지만 생각나는 이들은 전혀 없었다. 자신에게 충성을 다하는 것은 아니지만 이런 비상시국에 자신을 배신할 이는 없었기 때문이었다.

"어서 피하십시오."

부관이 다가오며 외쳤다. 그에 퍼뜩 정신을 차린 드미트리예비치 백작이 전방을 바라보며 어금니를 꽉 깨물었다.

"전군! 앞으로!"

그의 외침이 전장을 포효했다. 그를 따르는 무수한 기사와 병사가 그의 외침에 따라 움직였다. 마치 검은 파도처럼 말이다. 하나 용기백배해 앞으로 나가던 이들은 곧이어 들려온 거대한 폭음과 함께 좌절할 수밖에 없었다.

콰아아아앙!

"크아아악!"

정신 번쩍 든 드미트리예비치 백작은 어둠 속에 들려오는 거대한 폭음이 이는 곳을 보기 위해 안력을 돋우었다.

그에 한 명의 사내가 보였다. 주변에 몇몇의 기사가 있기는 했지만 그 기사들은 그 사내를 보좌하는 것 같지는 않았다.

"누……."

누구냐고 물으려 했다. 하나 답을 듣지 않아도 알 수 있었다.

"남 카테인 왕국의 국왕 카이론 에라크루네스다. 과인을 대적할 자 있는가?"

순간 드미트리예비치 백작과 그의 부관은 그 자리에서 얼어붙었다.

"말도 안 되는……."

헛웃음이 나오며 부지불식간에 흘러나온 음성.

"없나? 노튼 성에 진정한 기사는 없는 것인가?"

"네놈이 남부의 국왕이면 나는 북부의 지존이다!"

"그래? 그럼 죽어라!"

한 용맹한 기사. 아니, 카이론의 말을 믿지 못한 기사가 검을 뽑아 들고 그를 향해 쇄도해 들어갔다. 카이론은 코웃음 치며 자신의 언월도를 들어 스치듯 그 기사를 지나쳤다.

"컥!"

순간 기사의 눈동자가 커졌고, 목에는 가느다란 혈선이 그어졌다.

푸화악!

기사의 목이 떨어져 내리고 피분수가 쏟아져 내렸다.

"죽여라! 저놈이 사령관이다!"

"우와아악!"

그것을 기다렸다는 듯이 다시 몇 명의 기사가 카이론을 향해 쇄도했다. 병사들 역시 마찬가지였다. 비록 한 명의 기사가 단 일합에 당하기는 했지만 자신들이 공격하면 결코 죽이지 못할 것이 없다고 생각했다.

그리고 그들은 본능적으로 깨닫고 있었다. 적 사령관을 잡으면 이 절체절명의 위기에서 벗어날 수 있다는 것을 말이다.

"죽어랏!"

두 명의 기사가 좌우에서 마상 장검을 휘두르며 카이론의 허리와 머리를 향해 공격하고 있었다. 하나 이미 카이론은 말 위에 없었다. 어느새 말에서 내려 둘의 공격을 피해내더니 다시 말에 올라타 득달같이 언월도를 휘둘렀다.

스가각!

날카로운 소리가 들려왔다. 그리고 떨어져 내리는 두 기사의 목. 그에 다른 기사들과 병사들이 주춤했다. 꽤 실력 있는 두 명의 기사가 생채기조차 내지 못하고 죽어나간 것이었다. 또한, 상대는 체구에 맞지 않게 굉장히 민활했다.

달리는 말에서 내려 말과 함께 달리고 다시 말 위에 올라

두 명의 기사를 제거하는 일련의 행동이 물 흐르듯 자연스러웠다.

"안 오나? 하면, 내가 가지."

카이론의 말에 기사들이 분노성을 토해냈다.

"이노옴!"

기사들의 자존심을 건드린 것이었다. 분노로 가득 찬 기사들이 카이론을 향해 노도와 같이 달려들자 카이론은 그들을 향해 비릿한 미소를 떠올렸다.

그리고 그런 카이론의 모습에 더욱더 날뛰는 기사들.

콰아아악!

카이론이 말을 몰아 앞으로 나아갔다. 그는 이미 폭풍이 되어 있었음에 그 굉렬한 기운과 분노에 눈이 뒤집힌 기사들조차 흠칫거릴 정도였다. 풀 플레이트 메일을 입고 있음에도 불구하고 따끔따끔하고 찐득하게 달라붙는 살기가 전신을 감싸고 있음에 말이다.

"크아악!"

기사들은 마치 그런 살기를 풀어내기라도 하듯이, 혹은 단 한 명에게 싸워보기도 전에 기세에 밀렸다는 것이 당치도 않다는 듯이 커다란 괴성을 지르며 카이론을 향해 쇄도해 들어갔다. 카이론의 언월도와 기사의 마상 장검이 부딪혔다.

"흐읍?"

기사의 눈이 커졌다. 언월도와 부딪힌 마상 장검이 갈라졌다. 그 모습이 실로 비현실적이어서 기사는 자신의 눈을 믿을 수 없었다.

서걱!

기사의 목이 떨어져 내렸다. 순식간에 일어난 일이었다. 그리고 연이어 그를 향해 쇄도하던 기사들의 목이 떨어져 내렸다.

상대가 안 되었다.

단 일합. 아니 합이라고 할 수조차 없었다.

카이론의 언월도에 걸린 기사들은 검으로 막든 방패로 막든 상관없이 그대로 죽어나갔기 때문이었다.

카이론은 그대로 말을 몰아가며 말의 좌우로 언월도를 휘둘렀다. 핏물이 솟구쳤다. 병사들은 주춤거리며 공포에 질린 얼굴로 뒤로 물러났고, 적 기사들은 그 비현실적인 상황에 어떻게 대처해야 할지 몰라 엉거주춤했다.

"적장은 어디 있는가? 언제까지 쥐새끼처럼 숨어 있을 것인가?"

카이론이 전장에서 포효했다. 그에 멀리서 그의 활약을 지켜보고 있던 드미트리예비치 백작은 분통을 터뜨릴 수밖에 없었다.

"저, 저놈이……."

"침착하십시오. 우선 이곳을 벗어나는 것이 급선무입니다."

"이익. 내 반드시 저놈의 목을 비틀어 버릴 것이다."

"남작각하!"

극구 만류하는 메르시에 부관이었다. 지금은 분을 못 이겨 뛰쳐나갈 때가 아니었다. 상황적으로나 병력의 수에서나 모든 것이 밀리는 형국. 결국 가느다란 일말을 희망을 가지고 활로를 열어 성 안으로 들어가는 수밖에 없었다.

한데 적장은 귀족으로서 혹은 기사로서의 자존심을 교묘하게 기만하면서 분노를 일으키고 있었다. 그것이 격장지계임을 알면서도 반응하지 않을 수 없게 말이다. 그런데 그때였다.

"거기로구나! 일군을 이끄는 사령관임에도 인장기를 버린 자가!"

카이론이 옥신각신하는 그들을 발견했다. 그에 메르시에 부관은 곧바로 앞으로 나서며 입을 열었다.

"챨튼 경은 주군을 모시고 이곳을 빠져나가게."

"메르시에 부관!"

메르시에 부관의 말에 드미트리예비치 백작이 화들짝 놀라며 소리쳤다. 그와 동시에 드미트리예비치 백작의 뒤통수에 화끈한 고통이 전해져 왔다.

"이런··· 큭!"

이내 축 처지는 드미트리예비치 백작. 그에 메르시에 부관이 고개를 끄덕였다.

챨튼은 이내 말머리를 돌려 몇 명의 기사와 병사를 대동한 채 활로를 찾아 포위망을 뚫기 시작했다. 그 모습을 잠시 지켜보던 메르시에 부관은 굳은 얼굴로 마치 바다를 가르듯 병사를 좌우로 쳐 내며 일직선으로 달려오는 카이론을 바라봤다.

'어디서 저런 괴물이······.'

그 또한 카이론이 남부의 국왕이라는 것을 믿지 않았다. 상식적으로 말이 안 됐으니까 말이다. 어디 정신 빠진 귀족이 일국의 국왕이 고작 이깟 평원 성을 공략하기 위해 직접 군을 이끌고 가는 것을 찬성하겠는가.

그러니 당연히 믿을수 없었다. 그의 외침은 아마도 자국의 병사들과 기사들의 사기를 올려주기 위해 한 말일 것이었다.

"이노오옴!"

그에 메르시에 부관은 노호성을 터뜨리며 카이론을 향해 쇄도해 들어갔다. 그는 마상 장검 두 자루를 마치 단검 휘두르듯하며 자신의 진로를 방해하는 남부군을 위협했다. 하나 그는 이내 얼굴을 찌푸릴 수밖에 없었다.

남부군의 병사들은 자신을 견제만 할 뿐 직접적으로 자신과 부딪히려 하지 않았다. 이미 상대가 자신들이 어찌할 수 없는 상대라는 것을 알고, 진로를 견제하며 그와 대적할 만한 이들이 오기를 기다리고 있는 것이었다.

'어쩌면 이것이 피해를 최소화 하는 길일지도⋯⋯.'

눈살은 찌푸려졌지만 이것만큼 효율적인 방법은 없었다. 괜히 상대도 되지 않은 병사들을 닦달하기보다는 견제하고 상대할 수 있을 만한 자가 왔을 때 수월하게 처리할 수 있도록 원조하는 것이 말이다.

그가 그렇게 짧은 감상에 젖어 있을 때 어느새 카이론의 그의 면전에 도착해 있었다.

"성주는 도망간 것인가?"

"어떻게 알았지?"

메르시에 부관은 심장이 멎을 만큼 놀랐다. 하지만 적장이 앞에 있는데 그런 것을 겉으로 표현할 만큼 멍청하지는 않았다. 지극히 담담함을 가장한 그의 목소리에 카이론은 슬쩍 웃음을 보여줄 뿐이었다.

"설마… 배신자가 있는 것인가?"

"글쎄에?"

미묘하게 말을 흐리는 카이론. 그것은 생각하기에 따라서 전혀 다른 해석을 할 수 있는 말이었다. 하지만 이미 의심이 깃든 메르시에 부관은 확신하고 있었다. 그렇지 않고는 자신들이 기습할 정확한 시간을 알 수는 없었으리라.

"누구냐? 대체 누구냔 말이다."

"내가 왜 말을 해줘야 하지?"

"그것은……."

할 말이 없었다. 그의 말이 맞았기 때문이었다. 메르시에 부관은 어금니를 꽉 깨물었다. 이것을 누군가에게 전해야만 했다. 하지만 어떻게 전해야 할까? 모를 일이었다.

그때였다.

"적장이다!"

어디선가 울려 퍼지는 소리. 그에 카이론의 시선은 그 소리가 들려오는 곳으로 시선을 돌렸고, 메르시에 부관은 얼굴은 급속하게 딱딱하게 굳어져 갔다.

"부관도 중요하지만 적장만큼은 아니지."

그러면서 카이론은 말머리를 돌렸다.

"어, 어딜 가려느냐? 가려거든 나를 죽이고 가라!"

그가 말머리를 돌리려는 카이론을 제지하려 했다. 하나 카이론은 슬쩍 비웃음을 날릴 뿐이었다. 그리고 메르시에 부관의 앞을 가로막는 것은 남부군의 창병이었다. 마상 장검이 길다고는 하나 창만큼이나 길지는 않았다.

앞으로 나갈 수도 없었다. 그런데 그의 접근을 견제할 목적이었는지 뒤가 열렸다.

그에 그는 앞으로 전진할 것 같은 형태를 취하려다 이내 말머리를 돌려 미친 듯이 말을 몰아 정신없이 달아나고 있었다.

　그의 뒤에서는 여전히 비명소리와 함성이 들려오고 있었다. 그가 어둠 속으로 완전히 사라졌을 때 카이론은 언월도를 털어내며 퉁명스럽게 입을 열었다.

　"이제 됐나?"

　"그렇습니다."

　"드미트리예비치 백작은?"

　"그 역시 살아 돌아갔습니다."

　"이제 결과를 기다려야겠군."

　"오래 걸리지 않을 것입니다."

　"오래 걸리면 백작이 고생 좀 해야지."

　"그야 뭐……."

　"난 이만 쉬어야겠군."

　그러면서 말을 몰아 어둠 속으로 사라져 버리는 카이론이었다. 전투는 아직 계속되고 있었다. 하지만 포위망은 어느새 상당히 느슨해지고 있었다. 그 느슨해진 포위망을 뚫고 노튼 성의 병력과 기사들이 빠져나갔다.

　그들이 갈 곳은 이미 정해져 있었다. 노튼 성.

　그리고 그들은 지금의 상황에 대해 복기할 것이다. 지각이 있는 자라면 지금의 상황이 어떻게 가능했는지에 대해 생각할 것이다. 그리고 그 생각의 끝에는 배신이라는 단어가 있을 것이다.

카이론은 이 연극의 주연배우로 그 역할을 아주 수월하게 잘해내었다. 두 명에게 아주 명확하게 배신자가 있음을 알렸으니까 말이다. 그리고 그 배신자가 누구인지도 상상하게 만들어줬다.

"이제 보니 국왕 전하께옵서는 이쪽 방면으로는 탁월하신 것 같습니다."

"그 말, 전하께 전해드릴까?"

"어이고, 무슨 말씀을. 전 이만 전장을 정리하러 가보겠습니다."

한편의 재미난 연극을 꾸미고 난 기사가 웰링턴 백작에게 농을 던졌다가 본전도 못 찾고 어둠 속으로 사라졌다.

"아이반 드미트리예비치 백작. 겨우 여기까지인가? 가문을 멸문시켰으면 적어도 후작의 자리에는 올랐어야지."

어둠 속에서 노튼 성을 바라보는 웰링턴 백작의 눈에 시퍼런 귀화가 일렁거렸다.

*　　　*　　　*

"허억! 허억!"

메르시에 부관은 거친 숨을 내뱉었다. 그는 잠시 말을 멈추고 뒤를 돌아봤다. 치열한 전투치고는 병력의 손실이 덜했다. 5천의 병력 중 자신을 따라 나선 병력이 2천 정도 되었다. 그전에 드미트리예비치 백작이 끌고 간 병력도 자신만큼 되니 대략 1천 정도의 손실이라는 것이었다.

평상시라면 분명 이상하게 생각할 것이었으나 지금은 그런 생각을 할 겨를이 없었다.

"후우~ 그나마 다행이로군."

"어떻게 하시겠습니까?"

곁에 있던 기사가 물었다. 메르시에 부관은 짐짓 하늘을 바라봤다. 아직 동이 트려면 멀었다. 하늘은 검은색으로 물들어가고 있었고, 어둑한 하늘 사이로 더욱 짙게 깔린 구름에서는 물 냄새가 나는 것 같았다.

"비가 오려는 모양이군."

"많이는 아니지만 종적을 감출 정도는 될 것입니다."

"좋군. 조금 우회해서 성으로 복귀하지."

"명을 받습니다."

메르시에 부관은 비가 오려 하는 하늘을 보고 하늘이 자신을 돕는다고 생각했다. 이런 어두운 밤에 달을 가려주는 먹구름과 도주의 흔적을 지워주는 비라면 말이다. 물론, 후퇴하는 자신들 역시 힘들기는 마찬가지겠지만 그렇다 해도 병력을 잃고 죽음을 당하는 것보다는 백번 나았다.

투두둑! 쏴아아아.

그들이 움직이는 동안 한두 방울 떨어지던 빗방울이 이내는 굵어져 얼굴을 때렸다.

'소나기!'

기세를 보니 분명 소나기였다.

"속도를 올려라!"

크게 외쳤다. 이 정도의 소나기라면 적어도 한 시간은 지속될 것이고, 그 시간이면 적군의 추적대와 충분히 멀어질 수 있을 것이니까 말이다.

그에 메르시에 부관은 한숨을 내쉬었다. 살았다는 생각이 온통 머리를 지배했다.

그때 멀리 빗속에 가려 있지만 일단의 군마가 보였다. 그에 다시 메르시에 부관은 침을 삼키며 긴장했다.

"누구냐?"

크게 외침에 그를 따르는 병력은 다시 전투태세로 바꿨다. 그들은 긴장했다. 이곳이 적이 위치해 있기에는 무리가 있는 지점이기는 했지만 이미 한 번 혹독하게 당한 뒤라 혹시나 하는 심정에서였다.

"누군가? 메르시에 부관인가?"

"아! 주군."

그랬다. 먼저 전장을 빠져나온 드미트리예비치 백작이었다. 그들은 잠시 동안 말없이 서로를 바라볼 뿐이었다. 그러다 드미트리예비치 백작이 흘깃 메르시에 부관의 뒤를 바라봤다.

"꽤 살려 돌아왔군."

"저를 의심하시는 것입니까?"

"……"

메르시에 부관의 말에 잠시 말문을 닫은 드미트리예비치 백작. 둘의 시선이 얽혀 들었다. 그러다 이내 드미트리예비치 백작이 고개를 저으며 가벼운 한숨을 내쉬었다.

"그럴 리는 없겠지. 자네는 적어도 본작과 함께 전장을 누볐으니까."

"감사합니다."

"감사할 일이 아니야. 내가 부끄러운 것이겠지."

둘은 한참 동안 말없이 말 머리를 나란히 하고 이동했다. 그러다 멀리 노튼 성이 보이자 드미트리예비치 백작이 입을 열었다.

"누구일 것이라고 생각하나?"

그에 드미트리예비치 백작을 바라보는 메르시에 부관. 그는 잠시 주변을 둘러보았다. 기사와 병사들은 그들에게서 거리를 둔 채 뒤따라오고 있었다. 그에 메르시에 부관은 나직하게 입을 열었다.

"보첵 참모장입니다."

"그렇군."

그리 놀랍지 않다는 듯이 고개를 주억거리는 드미트리예비치 백작. 그도 그를 생각하고 있었다.

그가 준남작이기는 하지만 평민 출신. 고귀한 귀족의 피가 아닌 자는 그자가 유일했다. 뛰어난 안목이 있어 그를 등용하기는 했으나 쉽게 믿을 만한 자는 아니었다.

"어찌하실 생각이십니까?"

"문제는 자네와 나의 생각이 맞느냐는 것이야."

"천한 평민 출신입니다."

"그렇긴 하나……."

드미트리예비치 백작은 망설였다. 메르시에 부관의 말이 맞기는 했지만 그를 대체할 만한 자가 없었기 때문이었다. 하지만 메르시에 부관은 그런 그의 생각을 읽은 듯이 입을 열었다.

"러셀 에두아르도가 있지 않습니까?"

"아! 그가 있군."

러셀 에두아르도. 보첵 참모장이 오기 전까지 가신이었으며 참모장을 역임하고 있었던 귀족이었다. 물론, 지금도 가신이기는 하나 이미 한직으로 물러 난지 오래되었다.

"좋아! 돌아가는 대로 정리한다."

"탁월한 선택이십니다."

드미트리예비치 백작이 보첵 참모장을 경질하거나 혹은 배신자로 몰아 제거한다는 말을 들은 메르시에 부관은 회심의 미소를 떠올렸다.

'어디 감히 평민 주제에……'

평소 마음에 들지 않았다. 평민 주제에 귀족에게 이래라저래라 명령을 내리는 것이 말이다. 이 기회에 평민 놈을 완벽하게 제거할 수 있으면 되는 것이다. 그들은 쏟아지는 소나기 속에서 안전하게 노튼 성으로 복귀했다.

당연지사로 노튼 성의 분위기는 좋지 않았다.

노튼 성의 모든 귀족들과 기사들이 한데 모여 있었다. 그리고 그들의 시선은 한 사람에게로 향해 있었다.

바로 에드손 보첵 참모장이었다. 평민에서 남작의 작위를 받은 자. 모든 이들의 질시를 받고 있는 자. 바로 그였다.

"말해 보라. 진정 예측하지 못한 것인가?"

"그렇습니다."

"변명을 할 기회를 주지."

"변명을 하면 받아들이시겠습니까?"

"어떤 변명이냐에 따라 달라지겠지."

드미트리예비치 백작의 말에 보첵 참모장은 씁쓸하게 웃

으며 회의실 내부를 둘러보았다. 모두들 비웃음을 걸고 있었다. 이미 자신을 쳐 내기로 한 것이었다. 그 누구도 자신을 지지해 주지 않았다.

"이미 결정을 내리셨다면 그대로 행하시기 바랍니다. 한 무리의 장은 자신이 내린 결심을 결코 쉽게 번복해서는 안 되는 법입니다."

보첵 참모장의 말에 드미트리예비치 백작의 표정이 살짝 변했다. 하나 이미 돌이킬 수 없었다. 한 사람을 희생해 패전에 대한 책임을 묻고, 저하된 사기를 끌어 올릴 수 있다면 못할 일이 아니었으니까.

"에드손 보첵 남작을 참모장의 직위에서 해제시키고, 가택 연금을 명한다. 그에 대한 명확한 지침은 이번 전투가 끝난 후 정하도록 하겠다."

"명을 받습니다."

드미트리예비치 백작의 명에 보첵 남작의 뒤에 서 있던 기사가 그의 양팔을 잡고 자리에서 일으켰다. 보첵 남작은 주변을 한 번 훑어보았다. 그를 동정하거나 안타까워하는 이는 없었다.

'노튼 성도 끝이 났구나.'

본능적으로 느낄 수 있었다. 이 모든 것이 적의 계략이라는 것을 말이다. 그에 보첵 남작은 성 밖에 있는 적 참모에 대해 생각하자 소름이 돋아 전신을 훑고 지나갔다. 상대는 적어도 자신보다 몇 수 앞을 내다보는 자임에는 분명했다.

하지만 한 가지 아쉬운 것은 적 참모는 모두의 전폭적인 지지를 얻고 있는 반면에 자신은 자신 홀로 싸워야만 했다는 것이다.

같은 조건이었다면 자신 역시 그에 지지 않았을지도 모른다. 한 번쯤은 그자를 만나보고 싶었다.

그래서 지혜를 한번 겨뤄보고 싶었다. 하나 기회는 없을 것이다. 드미트리예비치 백작이 내린 명령은 가택 연금이겠으나, 평소 자신을 눈엣가시처럼 여기는 귀족들은 그 명을 그대로 이행하지 않을 것이다.

'참으로 어리석구나. 자신에게 일어날 한 치 앞의 상황조차 예측하지 못하면서 수만의 병력을 부리겠다고 장담을 하다니. 여기까지가 나의 한계인가 보구나.'

툭!

그렇게 상념에 잠겨 있을 때 등 뒤에서 무언가 자신을 앞으로 미는 느낌이 들었다. 보지 않아도 알 수 있었다. 아마도 평소 자신을 못마땅하게 여기고 있던 기사일 것이다. 그에 보첵 남작은 무거운 걸음을 옮겼다.

회의실의 문을 나서고, 노튼 성의 본관을 나와 기사가 끄는 대로 발걸음을 옮기는 보첵 남작.

노튼 성은 오래된 고성인만큼 경관이 수려했으며, 뇌옥 역시 본관과 상당한 거리를 두고 있었다. 뇌옥은 내성의 끝자락에 있었다.

평소 사람의 인적이 드문 곳인지라 제대로 된 길조차 나있지 않은 곳이었다. 그곳으로 방향을 트는 기사에게 보첵 남작은 담담하게 입을 열었다.

"이곳은 내 저택으로 가는 길이 아니네만."

"크큭! 정말 그 명을 그대로 믿는 것인가? 이거 순진하다고 해야 하는 것인가?"

그에 보첵 남작은 걸음을 멈출 수밖에 없었다. 하지만 그 누구도 그의 그런 행동을 저지하는 자는 없었다. 보첵 남작이 주변을 훑었다. 네 명의 기사가 그를 에워싸고 있었다. 그들은 어느새 시퍼렇게 날이 선 검을 꺼내들고 있었다.

"나를 죽일 작정인가?"

"이미 예정된 수순이지. 그러게 평소 그렇게 날뛰지 말았어야지."

"허허허! 이젠 모시는 주군의 명조차 거부하는군."

보첵 남작은 하늘을 보며 허탈하게 입을 열었다. 그런 그의 태도에 기사는 얼굴을 일그러뜨리며 나직하게 으르렁거렸다.

"이 또한 주군을 위한 것이다. 주군의 옳은 판단을 저해하는 독약과 같은 존재를 제거하는 것 말이다."

"내가 독약이라는 것인가?'

허탈하게 말을 하던 보첵 남작은 기사를 직시하며 입을 열었다. 문관 귀족이기는 하나 그 기세가 자못 대단해 으르렁거리던 기사마저도 움찔할 정도였다.

하나 이내 자신이 아주 잠깐이나마 움찔했다는 것이 수치스러웠는지 이를 가는 기사였다.

뿌득!

"곧 죽을 놈이 입만 살았구나."

"이놈! 내 곧 죽을 것이나 엄연히 귀족의 반열에 오른 자이다. 어디서 감히 되지도 않은 행동이더냐!"

서슬 퍼런 일갈이었다.

그러나 오히려 그것이 더 기사들의 반감을 샀던 모양인지 기사는 분을 참지 못하고 검을 휘둘렀다.

"그러니 죽어라!"

보첵 남작은 결코 눈을 감지 않았다. 자신의 목을 내려치는 기사의 눈동자를 그대로 직시했다. 결코 죽음이 두렵지 않다는 듯이 말이다. 기사는 입꼬리를 일그러뜨렸다. 마치 자신을 비웃는 것 같이 느껴졌기 때문이었다.

그에 기사는 검에 더욱 힘을 줬고, 기사의 검이 보첵 남작의 목을 베려는 그 순간이었다.

카아아앙! 퍽!

"누구냐?"

하나의 단검이 기사의 검을 쳐 내고 나무 둥치 아래로 박혀 들었다. 기사들은 그에 주변을 둘러보며 경계 태세를 갖추었다. 하지만 주변은 여전히 고요하기만 했다.

쉬아악! 체앵!

또다시 날카로운 소리가 들려왔고, 한 명의 기사가 다급하게 검을 쳐 냈다. 그에 검이 부딪히는 소리와 함께 예의 단검 한 자루가 땅 바닥에 박혀 들었다.

"누, 누구냐! 모습을 드러내라!"

그때 공간이 일렁이며 한 명의 사내가 모습을 드러냈다. 외견을 보아 결코 카테인 왕국의 인물은 아닌 듯싶었다.

"네놈은 누구냐?"

"데어셰크의 수장쯤 되려나?"

"뭐?"

사내의 말에 기사의 얼굴에 의문이 떠올랐다. 처음 들어보는 단체였기 때문이었다. 그 모습에 사내는 자신의 말을 정정했다.

"남 카테인 왕국의 특수전 부대인 데어셰크의 부대장."

"뭐?"

"네놈!"

"죽엇!"

각기 다른 외침이 들려왔다. 그가 남 카테인 왕국이라는 말을 함과 동시에 그에게 뛰어드는 기사가 있었다. 하나 그런 용맹함에 비해 그의 죽음은 참으로 허무했다.

스걱!

어느새 사내가 뽑아든 기이한 장검에 의해 목이 잘려 나갔다. 순간 남은 세 명의 기사는 몸을 굳힐 수밖에 없었다.

'보지도 못했다.'

"꿀꺽!"

그들은 사내가 기이한 장검을 어떻게 사용하고 사내의 신형이 어떻게 움직였는지조차 보지 못했다.

자신들의 상대가 아니라는 판단이 서자 슬금슬금 뒷걸음질 쳤다. 그중 한 명은 보첵 남작을 주시했고, 그의 뒤로 다가갔다.

'보첵 남작이 목적이다.'

빠른 판단이었다. 그렇지 않고는 이곳에 나타날 이유가 없으니까. 그렇다면 보첵 남작을 인질로 삼으면 된다는 것이다. 그에 두 명의 기사는 뒤로 물러나며 보첵 남작을 에워쌌고, 한 명의 기사는 걸음을 앞으로 디디고 있었다.

그런 그들의 모습을 보던 사내가 흰 이를 드러내며 웃어 보였다.

"생각은 좋다만 기사가 그런 쥐새끼 같은 생각을 하다니. 생각보다 더 썩은 것 같군."

"이익!"

"그래, 그래야지."

사내의 격장지계에 넘어간 기사 한 명이 노호성을 터뜨리며 사내를 향해 쇄도했고, 사내는 마치 허깨비처럼 자리에서 사라졌다.

스칵!

"컥!"

기사가 목을 부여잡았다. 남은 두 명의 기사는 놀란 눈이 되었고, 지체 없이 보첵 남작을 확보하려 했다. 하나 그들의 그런 소망은 그저 바람결에 사라지는 연기와 같았으니.

스카각!

단 한 번의 날카로운 소리가 들리고 그 두 기사는 여지없이 목을 부여잡은 채 서서히 뒤로 넘어가고 있었다. 사내는 무심하게 그들을 바라본 후 기이한 검에 묻은 피를 털어내고 수납했다.

그 놀라운 일련의 과정을 지켜보던 보첵 남작의 입이 열렸다.

"누구요."

"소개하지 않았던가?"

"분명 본작이 필요로 해서 왔을 터. 이름 정도는 알아야 하지 않겠소?"

놀라울 정도로 침착한 보책 남작의 모습에 목젖을 드러내며 크게 웃는 사내.

"하하하. 그렇군. 확실히 웰링턴 백작이 탐낼 만한 인재임은 분명하구나."

"웰링턴 백작? 설마……."

"그 설마가 맞을 것이다."

"어찌 10년 전 죽었던 자가……."

"죽었다면 이곳에 있지 않았겠지."

"어찌 그럴 수가……."

"궁금한가?"

"궁금하오."

"같이 가겠나?"

"이름조차 알려주지 않는 자와는 같이 하지 않소."

고집이 있었다. 그에 피식 웃어버리는 사내.

"내 이름은 아시커나크다."

"아시커나크?"

"바이큰 족이지."

"어찌……."

"궁금한가?"

"그렇소."

"웰링턴 백작에게 듣도록."

"……."

침묵했다. 아시커나크는 기다려 줬다. 그가 어떤 결정을 하더라도 상관없었다. 가능하면 동행하라고 했지 그를 강제로 끌고 오라고는 하지 않았으니 말이다. 그리고 지금 이 순간 보첵 남작은 지극한 고민에 휩싸여 있었다.

하지만 가장 중요한 것은 궁금증이었다. 어떻게 해서든지 풀어야만 했다. 10년 전 죽었다고 알려진 자가 다시 살아서 돌아왔고, 바이큰 족이 어찌 남 카테인 왕국의 특수전 부대장으로 있을 수 있는지 말이다.

바이큰 족이 남 카테인 왕국의 군부에 있다는 것 자체가 말이 안 되는 것이라 할 수 있었다. 카테인 왕국의 귀족들은 그런 것을 허용할 정도로 간단하지 않은 존재들이었으니까.

"따르겠소."

"훌륭한 판단이로군."

"어찌하면 되오."

그에 아시커나크는 품속에서 스크롤 하나를 꺼내 보첵 남작에 던졌다. 보첵 남작은 엉겁결에 그 스크롤을 받아 들였다.

"무엇이오."

"일인용 텔레포트 스크롤!"

"무슨!"

보첵 남작의 눈이 경악으로 커졌다. 제국의 고위층에서나 사용할 법한 마법 스크롤을 마치 동전 던져 주듯하는 것에 말이다.

"반으로 찢으며 텔레포트라 외치면 된다."

별것 아니라는 듯 친절하게 설명을 곁들이는 아시커나크.

"당신은……."

"나도 가야지. 이 정도 성쯤은 언제라도 드나들 수 있으니."

주변을 돌아보며 어깨를 으쓱해 보이는 아시커나크의 말에 보첵 남작은 전율했다. 그의 말은 곧 언제든지 드미트리예비치 백작이든 누가 되었든 간에 그들의 목숨을 취할 수 있다는 말처럼 들렸기 때문이었다.

"가지 않을 작정인가?"

머뭇거리는 그를 향해 아시커나크가 입을 열었다.

"아, 아니오. 가겠소."

그러면서 아시커나크가 던져준 텔레포트 스크롤을 찢는 보첵 남작이었다.

"텔레포트!"

그가 있던 자리에 기하학적인 문양이 생겨나며 눈부신 빛이 터져 나왔고, 이내 보첵 남작은 자리에서 사라졌다.

"텔레포트!"

그가 사라지자 아시커나크도 지체 없이 스크롤을 찢어냈다.

화아아악!

노튼 성 안에서 눈부신 빛이 터져 나옴과 동시에 노튼 성과 1킬로미터 떨어진 거리에 주둔지를 정하고 있는 어느 넓은 천막에서 다시 두 개의 눈부신 빛이 터졌다. 바로 보첵 남작과 아시커나크였다.

보첵 남작은 어리둥절한 모습이었다.

그는 빛이 걷히자마자 주변을 훑어보았고, 막사가 상당히 널찍하다는 것을 깨달았다. 그리고 그 중심에는 한 명의 거대한 체구의 사내와 후덕한 인상을 한 귀족을 볼 수 있었다.

보첵 남작의 눈동자는 후덕한 인상의 귀족에게 머물렀다.

"오랜만이다. 에르."

"에르……."

에르라는 이름을 되뇌이는 보첵 남작. 그의 눈동자가 잘게 떨리고 있었다.

"진정 아서 웰레스 웰링턴 대공자님이십니까?"

"그래. 오랜만이구나."

"살아계셨습니까?"

"그래."

"한데, 왜 이제야……."

"그렇게 되었다. 나는 죽어야만 살 수 있었거든."

"대체 어떤 놈이……."

"명석한 네가 아직 모르는 것인가?"

명석하다는 웰링턴 백작의 말에 보첵 남작은 침음할 수밖에 없었다. 어느 정도 짐작은 하고 있었지만 확신하지는 못했다. 그리고 그동안 지켜본 드미트리에비치 백작은 자신에게 의심을 살 만한 일은 하지 않았다.

물론, 그동안 상당히 공교롭게 겹치는 일이 있기는 했지만 아무런 물증도 없이 그를 의심하기에는 꺼림칙했다.

그의 가문은 과거 웰링턴 백작 가문과 쌍벽을 이루는 가문으로 선대의 백작이 서로 둘도 없는 친구 사이였으니까 말이다. 그리고 실제 10년 전 웰링턴 백작 가문이 멸문당하자 그 배후를 찾기 위해 불철주야 노력했고, 지금도 노력하고 있었기 때문이었다.

"하나……."

"하나라… 그래. 그럴 수 있겠지. 하지만 몇 가지 예를 들어보지. 우리 가문이 멸문당함으로써 가장 이득을 본 가문이 어디지?"

"그야……."

당연히 드미트리예비치 백작 가문이었다.

"또한, 그때 당시 본 가문의 식솔들을 그들이 구제했다고 하는데 그들이 다 어디 갔을까? 나는 과거를 회복하며 그들을 먼저 찾았다. 하지만 그들의 종적은 어디에도 보이지 않더군."

"……."

말을 할 수 없었다. 자신도 그랬으니까. 종적을 찾을 수 없었다. 몇몇 살아남은 자들이 있기는 했지만 그들 역시 제대로 연락이 닿지는 않았다. 마치 어떤 짙은 안개에 가려져 보일 듯하면서도 보이지도 않고 잡힐 듯하면서도 잡히지 않는 것과 같이 말이다.

"가장 결정적인 것은 말이다."

그는 자신의 레더 메일을 벗어 보였다. 그의 심장 어림과 등 뒤에 좌상에서 우하로 이어진 길고 긴 검상. 그것을 보여준 웰링턴 백작은 다시 레더 메일을 착용하고는 보첵 남작을 뚫어지게 바라보며 입을 열었다.

"나에게 이런 상처를 남겨준 놈이 바로 아이반이었으니까."

"그런……."

"그가 왜 너를 가까이 했는지 아는가?"

"그야……."

"숲 속에서는 나무만 볼 수 있지 숲은 바라볼 수 없으니까."

그의 말에 단박에 모든 사정을 꿰뚫을 수 있었다. 가장 위험한 자를 최측근에 두고 감시하는 것이었다. 정보를 오염시

키면서 말이다.

"절… 이용한 것이로군요."

보첵 남작은 순간 10년은 더 늙어 보이는 표정으로 입을 열었다. 설마 설마 했다. 한데 그 설마가 현실로 드러나자 전신의 힘이 모조리 빠져나가는 것 같은 느낌이 들었다.

그런 보첵 남작의 모습을 보며 웰링턴 백작은 여전히 냉정했다. 기대가 크면 실망도 큰 법이다. 하지만 언젠가 한 번 겪어야 할 일이라면 먼저 겪는 것도 나쁘지 않았다.

그래도 어느 정도 드미트리에비치 백작에 대해 의심을 하고 있었기에 이 정도일 것이다. 전혀 의심하지 못했다면 보첵 남작은 이 자리에서 허물어졌을 것이다.

그 잔인한 죄책감에 의해서 말이다.

"그렇지. 아마도 넌 너도 모르게 수많은 식솔의 정체를 드러나게 했을 것이다."

웰링턴 백작의 말에 보첵 남작은 그 자리에서 힘없이 허물어졌다. 식솔들을 찾으려 했는데 오히려 가문을 멸절시키는 데 일조를 한 것이었다. 언제나 자신의 뛰어난 머리에 자부심을 가지고 있었다.

그런데 그런 자신의 머리위에서 노는 이가 있었다. 바로 드미트리에비치 백작이었다. 허망하게 허물어진 보첵 남작을 냉정하게 바라보는 웰링턴 백작. 그가 조용히 입을 열었다.

"어떻게 하겠느냐?"

"…무엇을 말입니까?"

"다시 가문을 재건하고 싶지 않느냐?"

"제가… 제가 무슨 자격으로……."

그의 모습을 바라보는 웰링턴 백작의 입가에 미소가 떠올랐다.

"아서 웰레스 웰렝턴 폰 엘레크라의 이름 아래 너의 모든 허물을 지운다. 나를 따르라. 그리고 다시 세상을 향해 포효해 보지 않겠나?"

보첵 남작은 빤히 웰링턴 백작을 바라봤다. 그의 두 눈에는 눈물이 끊임없이 흘러내리고 있었다. 그러다 갈라지고 젖은 목소리로 입을 열었다.

"해야지요, 해야지요. 당연히 해야 하고 말고요."

"되었다. 쉬어라. 다시 널 찾을 것이다."

"아니, 아닙니다. 쉴 시간이 어디 있습니까? 무엇이든, 무엇이든 하게 해주십시오. 그래야 제가 살 수 있을 것 같습니다."

보첵 남작은 열망했다. 당장에 이 분을 풀지 못하면 죽지도 살지도 못할 것 같았다. 무언가를 끊임없이 해야 이 깊숙하게 잠식된 죄책감에서 벗어날 수 있을 것 같았다. 그렇지 않으면 지금 이 자리에서 피를 토하고 죽을 것 같았다.

"저들을 어떻게 공략할까?"

그때 지금까지 단 한마디도 하지 않았던 카이론이 입을 열었다. 그제야 보첵 남작의 시선이 그에게로 향했다. 그의 눈에는 의문이 깃들었다.

"카이론 에라크루네스 폰 카테이누스 국왕 전하시네."

"허어~"

입을 벌릴 수밖에 없었다. 믿지 않았다. 어찌 일국의 국왕이 겨우 1만의 병력만을 대동한 채 전선의 선두에 투입된다는 말인가? 하지만 사실이었다.

'이래서, 이래서 남부군이 강군이 된 것이로군.'

그리고 깨달았다. 북부군은 절대 남부군을 이길 수 없다는 것을. 그리고 머지않아 남북으로 갈라진 카테인 왕국은 다시 하나가 될 것임을 말이다.

"노튼 성이 평원에 세워진 단단하기 그지없는 석성임에는 분명합니다. 하나 결코 함락할 수 없는 난공불락의 성은 아닙니다."

"그래. 그래서 방법은?"

"그 방법은……."

제8장

엘레크 평원의 절반

Warrior

"그에게서 서신이 도착했소."

"과연… 그를 믿을 수 있겠소?"

몇 명의 인물이 은밀한 어둠과 함께 퀴퀴함이 전해지는 실내 공간에 둘러 앉아 있었다. 서로 정체를 밝히기 싫었는지 후드를 깊게 눌러쓰고 있어 서로의 얼굴조차 보기 어려울 정도였다. 또한, 실내의 밝기도 상당히 어둑해 겨우 상대를 확인할 정도밖에 되지 않았다.

짙은 회색 로브와 후드를 쓴 자를 중심으로 좌측과 우측으로 나눠져 있었는데 좌측은 칙칙한 검은색 로브와 후드를, 우측은 짙은 회색의 로브와 후드를 착용하고 있었다. 먼저 입을 연자는 우측의 가장 상석에 있던 자였다.

어둠을 밝히는 일렁이는 촛불에 반사되어 맨 얼굴이 아닌 가면을 쓴 얼굴이 드러나 있었다. 서로의 정체를 드러내기를 원하지 않는 것임이 분명했다. 우측의 인물들은 동물의 가면을, 좌측의 인물들은 몬스터의 가면을 쓰고 있었다.

동물 가면은 그나마 긍정적인 반응을 보였으나 몬스터 가면을 쓴 이들은 부정적인 견해를 견지하고 있었다. 그때 우측의 쥐 가면을 쓴 자가 나직하게 입을 열었다.

"그가 초기에 많은 실수를 한 것은 분명하나 그가 아니었다면 역시 우리가 아직까지 존속하기 힘들었을 것이오."

"물론, 그것은 인정하나 그의 실수로 죽어간 가문의 일원을 생각하면 아직도 그를 믿지 못하겠소. 아닌 말로 그가 드미트리예비치 백작의 앞잡이인지 어찌 알겠소."

"나 또한 그리 생각하고 있소. 그가 진정으로 웰링턴 백작 가문을 생각하고 있을지 아니면 드미트리예비치 백작 가문의 앞잡이일지 모를 일 아니겠소? 그리고 그의 말로 과거 웰링턴 백작 가문의 대공자님과 두터운 친분을 가졌다고 하지만 그 신분이 천함에 그의 말을 곧이곧대로 믿을 수 없지 않소?"

역시 몬스터 가면을 쓴 측의 이들은 부정적이었다. 그에 쥐 가면을 쓴 자가 한숨을 내쉬며 다시 입을 열었다.

"하면, 어쩌자는 것이오. 이미 남부의 병력은 이곳으로 밀려들어 오고 있소. 이미 한 번의 전투에서 드미트리예비치 백작이 밀렸소."

"그렇다고는 하지만 여전히 드미트리예비치 백작은 엘레크 평원의 절반을 이끄는 자요."

"그래서 이대로 있자는 말이오?"

"크흠. 아니 뭐 그것은 아니고 말이오……."

호랑이 가면의 사내의 노호성에 고블린 가면을 쓴 자가 헛기침을 하며 입을 열었다. 호랑이 가면의 사내가 고블린 가면을 쓴 자를 노려보았다. 고블린 가면을 쓴 자는 그의 시선을 회피했다. 그 누구도 호랑이 가면을 쓴 자의 시선을 감당하지 못했다.

"지금 우리가 천한 것, 고귀한 것을 따질 때인 것이오? 가문을 몰락시키고 가문의 일원들을 색출해 내고 있는 드미트리예비치 백작이 버젓이 살아 있음에 그 하나를 감당하기도 어렵거늘, 이렇게 자중지란에 빠지고 신분을 따지다니. 정녕 그것이 그대들의 뜻이오?"

"아, 아니. 그것이 아니고 말이오."

"아니긴 뭐가 아니오. 우리가 할 수 있는 것이 무엇이 있소. 그가 실제 초창기에 그에게 깜빡 속아 살아남은 가문의 일원을 솎아냈다고 칩시다. 하면 묻겠소. 그대들이었다면 그와 같은 행동을 하지 않았을 것이라 장담하시오?"

"아니……."

"주변에 믿을 사람 한 명도 없소. 또한, 대공자님과 절친이셨던 분이 가문을 돕고자 했소. 그리고 친우의 가문의 원수를 갚고 가문을 복권시키고자 하는 드미트리예비치 백작의 행동에 감명하지 않을 자신 있소?"

"……."

사실 자신들도 그랬다. 초기에 드미트리예비치 백작에게 깜빡 속았다. 그래서 많은 가문의 일원을 색출해 내는데 일조했다.

물론, 그것은 그 당시에는 몰랐다. 시간이 지나고 자신들이 거론했던 이들이 드미트리예비치 백작이 말한 웰링턴 가문의 숙적인 크루이프 후작 가문에 의해 제거된 것이 아님을 알게 되었다.

여기 있는 모든 이들은 그 과정을 모두 겪었다. 그때의 그 절망감이란 이루 형언할 수조차 없었다. 그래서 이들은 지금 입방아에 오르고 있는 자를 이용하기로 했다. 사실을 왜곡해 드미트리예비치 백작에게 계속 충성하게 했고, 자신은 자신들대로 그를 이용했다.

그러함에도 이들은 그를 욕하고 질타하고 있는 것이었다. 자신들조차도 그를 속이고 있으면서도 말이다. 그에 호랑이 가면의 사내가 그들을 호통치고 있는 것이었다.

"나는! 그의 말대로 모월 모시에 북문을 열 것에 찬성하오."

그에 동물의 가면을 쓴 쪽의 인사들은 물론이오 몬스터 가면을 쓴 자들 쪽에서도 절반이 넘은 인원이 손을 들어 호랑이 가면의 말에 찬성했다. 그에 고블린 가면을 쓴 자는 앓는 소리를 내며 자리에 주저앉았다.

"그럼 모월 모시에 병력을 준비하고 북문을 열 것을 결의하는 바이오."

그에 중앙에 있던 칙칙한 회색 로브인이 결정을 내렸다. 그에 모든 이들은 그 말에 수긍한다는 듯이 자리에서 일어나 마치 아무런 일도 없었다는 듯 어둠 속으로 사라졌다. 다만 고블린 가면과 오크 가면, 그리고 놀 가면과 래트 가면을 쓴 자들만이 떠나지 않고 있었다.

"…저들이 눈치챈 것 아니오?"

"그것은… 아닐 것이오."

오크 가면의 물음에 고블린 가면이 답을 했다.

"뭐 상관있겠소. 그들이 그렇게 움직여 준다면 이번 한 번에 일망타진할 수 있음이니 말이오."

래트 가면을 쓴 자는 오히려 잘되었다는 듯이 입을 열었다.

"그것이 작전이라면 어찌할 것이오?"

"뭐 그래도 상관없지 않겠소? 저들의 수를 정확하게는 알 수 없지만 대충 파악하고는 있소. 또한, 이제 성내에는 1만이 넘어가는 정예 병력이 있고 말이오. 저들을 한꺼번에 토벌할 수 있다면 약간의 손해를 입더라도 결코 나쁘지 않지 않겠소?"

놀 가면의 사내가 입을 열어 반론을 제기했다.

"하기는 그렇소. 길고 긴 싸움이 이제야 끝이 나는구려."

"그리고 한 가지 걱정이 있는데……."

"웰링턴 대공자 말이오?"

"그렇소."

"흥! 어림도 없는 소리. 그는 이미 알카트라즈로 보내졌을 때 죽은 것이나 다름없소. 그곳에서 10년을 살아남았다고 누가 장담하겠소? 이것은 필히 그놈을 사칭하는 자일 것이오."

"하나 서신을 전해 온 자가 그 대공자를 확실하게 아는 자이질 않소?"

"그것을 믿는 것이오? 그 천한 놈의 말을 말이오? 방계 중의 방계인 그놈의 말을 말이오?"

"뭐… 딱히 그런 것은 아니지만. 그래도 조심해서 나쁠 것은 없지 않소?"

래트 가면의 사내와 고블린 가면의 사내가 의견의 충돌을 빚어내고 있었다.

"자자! 진정들 하시오. 어쨌든 상관없지 않겠소? 성내의 병력만 1만이 넘어가고 다시 드미트리비예치 백작 각하의 명에 의해 병력을 동원하고 있는 후방의 원조 병력도 조금 있으면 도착할 것이오. 모두 한꺼번에 정리하면 더 좋지 않겠소?"

적절하게 오크 가면의 사내가 입을 열자 그들은 고개를 끄덕였다.

"크흠, 큼. 그, 그렇기는 하오만……."

"우리끼리 싸워서 뭐 좋을 것이 있겠소? 진정들 하시고, 서로의 공을 세울 생각이나 합시다."

"크흐흐. 그거 좋구려."

음모 속의 또 다른 탐욕이 서서히 모습을 드러내고 있었다.

*   *   *

"여어~ 코린. 이 시간에 무슨 일인가?"

"아! 뭐… 잠도 안 오고 해서 말이지."

"잠이 안와? 이 친구 이거 정신 빠진 소리하는구만. 언제 적이 쳐들어올지 모를 판국에 잠이 안와?"

"아! 뭐… 그건 아는데……."

그렇게 말을 하면서 슬쩍 경계를 서고 있는 기사 옆으로 다가가는 코린. 어둠 속이라 제대로 보지 못했을지 모르나 지금 코린의 얼굴은 극도의 긴장감이 감돌고 있었다. 기사의 옆에 나란히 선 코린이 전방에 시선을 두며 말했다.

"우리가 만난 지 얼마나 됐지?"

"글세⋯ 한 5년 됐나?"

"훗! 벌써 그렇게 되었군."

"그러게 말이네. 시간이 너무 빨라. 벌써 5년이라니."

"그동안 자네도 참 많이 발전했지."

코린의 넋두리가 같은 말에 기사의 얼굴에 웃음기가 떠올랐다.

"흐흐. 그게 다 웰링턴 백작 가문의 떨거지들 때문이 아니겠나?"

"그도 그렇군. 그들에게 자네가 죽음의 기사라 불린다지?"

"흐흐. 그 정도는 아니고⋯ 뭐 토벌에 나선 이들은 모두 별칭이 하나씩은 붙어 있으니까 말이네."

웰링턴 백작 가문의 남은 인원을 솎아내는 기사들. 그들은 잔인했다. 어린아이, 여자 할 것 없이 모두 죽음으로 내몰았다. 그들은 아직 살아남은 웰링턴 백작 가문의 사람들에게 죽음의 기사라 불렸다.

그리고 지금 코린과 대화를 하고 있는 이자 역시 죽음의 기사로 불렸으며, 잔인하기 이를 데 없이 웰링턴 백작 가문의 사람을 사냥하는 자였다.

"그래서⋯⋯."

코린은 말을 흐렸다. 기사는 아무 생각 없이 어둠 속 저편을 바라보기만 했다. 코린이 기사의 귀에 입을 가까이 댔다.

그리고 나직하게 입을 열었다.

"죽어줘야 겠다."

"뭐?"

순간 놀라 코린을 향해 몸을 돌려세우는 기사.

"헉!"

그러다 갑자기 동작이 딱 멈추며 입을 떡 벌리고 눈을 크게 부릅떴다.

"왜에……?"

의문이 깃든 기사.

"사실 나는 웰링턴 백작 가문의 3기사단 소속이었거든."

"그……."

푸걱!

"읍!"

기사의 말을 더 듣기 싫었던지 코린은 기사의 등을 끌어당기며 손에 쥐고 있던 단검을 더욱더 깊이 쑤셔 넣었다. 자루만 남기고 깊숙하게 찔러 들어간 단검. 기사의 입에서 가느다란 선혈이 흘러내렸다.

"잘 가라."

그러면서 아래에서 위로 기사의 복부 깊숙하게 찔러 넣은 단검을 빼드는 코린. 그리고 두어 발자국 뒤로 물러섰다. 그에 기사는 힘없이 허물어져 내렸다. 코린은 그 모습을 보며 냉막한 표정을 지으며 단검에 묻은 피를 털어냈다.

"너에게 죽어간 가문 사람들의 명복을 빌면서……."

그는 죽은 기사를 발로 툭 밀어 성벽 아래로 굴려 떨어뜨리고 무표정하게 걸음을 옮겼다. 그리고 성벽 경계를 서고 있는 병사들에게 명을 내려, 복귀하도록 조치했다.

병사들은 그 상황이 조금 이상하기는 했지만 기사의 명령이니 듣지 않을 수 없어 고개를 갸웃하면서도 경계를 마치고 숙소로 복귀했다.

그 병사들이 사라지자마자 또 다른 일단의 병사들이 모습을 드러내더니 눈빛을 주고받고는 이내 다시 긴장된 모습으로 경계를 서기 시작했다. 성벽만이 아니었다. 노튼 성의 북쪽을 담당하고 병력은 모두 같은 일을 겪고 있었다.

특히 북쪽 성문 쪽은 더했다.

"네놈이 감히……!"

"죽엇!"

"쳐라!"

크지 않지만 나직하면서도 단호한 명령. 어둠이 일렁이면서 북쪽 성문을 지키고 있는 중대 병력을 향해 쇄도해 들어갔다. 지금은 전시체제. 그러하기에 평소 소대 병력이었던 성문 경비가 중대 병력으로 확대 개편되고 있었다.

스각!

"커헉!"

"마, 막… 끄륵!"

중대 병력에 준하는 두 병력이 부딪혔다. 일순간 시끄러워지는 북쪽 성문. 어둠 속에서는 소리가 빠르게 파급된다. 그리고 그것을 증명이라도 하듯이 북문과 연계된 초소에서 다급하게 비상종을 치는 소리가 들려왔다.

"적이……."

"컥!"

북문 쪽 상황이 이상하여 일단 비상시 행동 지침에 따라 비상종을 치던 병사가 목을 부여잡고 쓰러져갔다.

왈칵!

"무슨 일인가?"

초소의 문이 왈칵 열리면서 한 명의 기사가 초소 밖으로 나왔다.

멈칫!

"누구냐?"

검을 빼들고 외쳤다.

"나다!"

"뭐?"

등 뒤에서 들려오는 목소리. 기사는 팽이처럼 몸을 돌려세웠다.

서걱!

하나 놀랄 새도 없이 기사의 목에 혈선이 그어졌다. 그 기사의 앞에는 예의 검은색 복면을 뒤집어쓴 자가 서 있었다. 복면인은 가볍게 검을 털어냈다. 한데 그 검이 상당히 기괴한 모양이었다. 등이 굽어진 쿠크리였다.

"아직 비상종이 울리면 안 되지. 조금 더 있다가 종이 울려야지. 조금만 늦었어도 조금 더 늦게 죽을 수 있었을 텐데. 쯧!"

답답하다는 듯이 고저 없이 말을 하는 자. 아시커나크였다. 그는 쿠크리를 수납하고 다시 어둠 속으로 사라졌다. 그가 사라진 자리에는 진득한 혈향만 남아 있을 뿐이었다. 세상은 다시 정적이 감돌았다.

하지만 모든 것이 깔끔하게 마무리 된 것은 아니었다.

"무슨 소리 듣지 못했나?"

"비상종 소리가 들려오는 것 같았습니다."

"북문 쪽이지?"

"그렇습니다."

"실수일까?"

"실수로 비상종을 칠 놈이 있겠습니까?"

"무슨 사단이 발발했다는 것인가?"

"아마도……."

"아니면?"

"예?"

"아니면 어쩌겠느냐는 것이다."

"…그렇다 해도 지금은 전시. 충분히 경계를 강화하고 사실 관계를 확인할 필요가 있다고 생각합니다."

"좋군. 내성에 연락을 취하고 병력을 취합해 북문으로 향한다."

"명!"

드미트리예비치 백작 가문이 엘레크 평원의 절반을 휘하에 두고 있는 이유는 분명 있었다. 그 가문이 다른 가문을 집어삼키고 자신의 휘하에 들지 않고 반기를 드는 가문을 철저하게 박살 냈기 때문이었다.

그리고 지금 내성과 외성을 경계하고 있는 기사들은 그런 드미트리예비치 백작 가문의 능력을 유감없이 발휘하고 있었다.

의심이 들자마자 바로 행동에 옮겼다. 물론, 현재가 전시 체제임을 감안한다 하더라도 그들의 움직임은 참으로 기민한 것이었다.

병력이 준비됨을 본 기사의 얼굴에는 서늘한 미소가 떠올라 있었다.

"쥐새끼 같은 놈들. 모를 줄 알았더냐?"

그는 이미 알고 있었다. 그래서 대비하고 있었다. 물론, 상대가 생각보다 신속하고 은밀하게 움직였다는 것이 조금 문제이기는 했으나, 큰 문제는 아니었다.

일단의 무장한 병력이 북문을 향해 빠르게 쇄도해 들었다. 그에 성문을 점령한 이들의 행동이 다급해졌다.

"어서!"

"빨리!"

그들은 성문을 내리는 도르래를 작동시키고 있었다. 그 성문 도르래를 담당하는 이 서너 명만 남고 다른 이들은 빠르게 북문으로 접근하는 통로에 목책을 설치하기 시작했다. 하지만 그들이 미처 목책을 다 설치하기도 전에 일단의 병사들이 득달같이 쇄도했다.

"쥐새끼 같은 놈들! 공격하라!"

쉬시시시!

어둠의 허공을 가르고 수없이 많은 화살이 목책을 설치하고 있는 일단의 무리에게 떨어져 내렸다.

"으아아악!"

"화, 화살이다!"

"엄폐! 엄폐하라!"

몇 명의 인물이 화살에 맞아 죽고 몇 명의 인물은 부상을 당했다. 그나마 설치한 목책에 숨어 화살을 피하는 자는 죽어가는 동료를 바라볼 뿐이었다. 그리고 검을 꽉 움켜쥐었다. 불시에 대처하는 이들치고는 강력했다.

'뭔가 잘못되었다.'

북문 점령을 담당하는 이들을 이끌던 자가 본능적으로 느꼈다. 생각보다 기민한 움직임. 그리고 자신들의 위치를 너무나도 쉽게 파악당하고, 너무나도 빨리 역전된 상황.

'정보가 샜다.'

확실했다.

"항복하라!"

물밀 듯이 몰려들며 일순간에 진형을 마련한 드미트리예비치 백작군. 그런 그들을 암울하게 바라보는 자. 서로의 눈빛이 얽혀 들었다.

"어떻게 해서든지 시간을 번다."

끄덕.

그의 말에 모두들 얼굴을 굳히며 고개를 끄덕였다. 그들의 얼굴에는 의미심장한 미소가 떠올라 있었다. 기꺼이 죽겠다는 그들의 결심이리라.

"살아서 만나자."

"살수나 있기는 합니까?"

"아니면 지옥에서 만나든지."

"크흐흐. 그 말이 정답일꺼요."

"가자!"

죽음이 눈앞에 있음에도 그들은 대범했다. 사내의 외침에 그들은 벌떡 일어섰다.

"돌격하라!"

"우와아악!"

"죽어라! 이 개 종자들아~"

중대 병력이 일제히 돌격을 감행했다. 어찌 보면 실로 무모
한 돌격이라 할 수 있었다. 그런 그들의 모습을 바라보는 자. 병
력을 이끌고 온 기사가 진득한 살기를 떠올리며 입을 열었다.

"불순한 이들을 용서할 수는 없지. 포로는 없다!"

"명!"

절도 있게 명을 받드는 기사. 그 기사가 검을 꺼내 들었다.

"공격하라! 포로는 없다!"

"우와아~"

완벽하게 전투준비를 갖춘 1개 중대와 2개 대대가 부딪혔
다. 상황은 보나마나 뻔한 일. 그것은 성벽을 점령한 기사들
과 일단의 병력들 역시 마찬가지였다.

"크와아악!"

"꺼억!"

일방적인 도륙이나 다름 없었다. 기습이라는 것은 적이 알
지 못했을 때의 일이다. 적이 완벽하게 알고 모든 준비를 한
상태에서는 기습이라는 말은 통용되지 않는다. 지금 역시 마
찬가지였다.

코린은 지금의 상황을 이해할 수 없었다. 완벽하다고 생각했다. 그런데 그 완벽함이 완벽하게 무너지고 있었다. 몇 년의 시간동안 생사고락을 같이 했던 이들이 죽어가고 있었다. 그의 검과 전신은 이미 피로 범벅이 되어 있었다.

죽어가는 동료들을 보며 비통함에 힘을 내보지만 중과부적이라는 것이 있다. 적은 철저히 대비하고 있었고, 병력의 수마저도 압도하고 있었다.

"크하악! 죽어라! 죽으란 말이다!"

정신없이 베고 찔렀다. 살이 잘라지고 심장을 쪼갰다. 피가 튀어 시야를 가렸다. 핏물이 검병에 흘러 미끌거리기까지 했다.

카아앙!

"후욱!"

어느 순간 손아귀에서 강렬한 통증이 전해져 왔다. 코린은 급하게 뒤로 물러섰다. 그는 시선을 들어 자신의 앞을 바라봤고, 그 앞에는 거대한 체구의 기사가 할버드를 들고 자신을 바라봤다.

"그리즐리!"

"크크크. 개 새끼! 그동안 잘도 나를 속였겠다?"

"속인 적은 없지. 멍청한 네놈이 속았을 뿐."

"크흐흐. 죽어야 할 이유가 하나 더 늘었구나."

"머릿속까지 근육인 네놈이 감히 나를?"

"어쨌든 죽어라!"

별로 분노하는 것 같지도 않았다. 마치 평상시와 전혀 다르지 않다는 듯한 그리즐리라 불리는 기사. 그래서 더 무섭다. 격장지계를 썼음에도 불구하고 전혀 넘어오지 않는다. 방법이 없었다.

"죽엇!"

코린이 미친 듯이 쇄도해 들어갔다. 그런 코린의 공격을 코웃음 치며 바라보는 그리즐리. 그는 가볍게 할버드를 휘두른 후 위에서 아래로 찍어 내렸다.

후우우웅! 쩌어엉!

"큭!"

쇄도하던 코린은 급하게 할버드를 막아냈으나 그리즐리의 힘을 이겨내지 못하고 무릎을 꿇을 수밖에 없었다. 그리즐리는 비웃었다. 할버드를 다시 들어 올려 내려찍었다. 마치 죽일 듯이 말이다. 그 기세가 자못 흉흉해 감당하기 어려웠다.

"죽어! 죽으란 말이닷!"

코린은 막는데만 정신을 집중했다. 그저 막고만 있음에도 불구하고 전신의 근육과 뼈가 어긋나는 것 같은 느낌이 들었다.

"이, 이런……."

앙다문 입술 사이로 비릿한 핏물이 흘러나왔다. 그의 전신은 이제 거의 주저앉듯했다. 그에 코린은 죽음을 직감했다.

'끝인가?'

위에서 아래로 내려치는 할버드가 보였다. 순간 수십 년을 살아온 자신의 인생이 펼쳐졌다. 눈을 감을 수밖에 없었다.

'여기까지인가 보다.'

그렇게 느꼈다. 한데 아무리 기다려도 할버드는 자신의 머리에 떨어지지 않고 있었다. 슬그머니 눈을 떴다. 그리즐리가 할버드를 들어 올린 상태에서 멈춰 있었다. 이상했다. 그에 코린의 눈이 슬그머니 아래로 내려왔다.

그제야 그는 볼 수 있었다. 그리즐리의 가슴 속에 삐죽하게 튀어나온 기이하게 아래로 굽은 검을 말이다. 그때 그리즐리의 신형이 살짝 떨렸다. 그러다 옆으로 스르르 떨어졌고, 기이하게 굽은 검이 쑥 빠져나갔다.

코린은 그 모습을 멍하게 지켜볼 뿐이었다. 그때 그의 귓가로 들려오는 목소리가 있었다.

"언제까지 그렇게 있을 생각인가?"

그리즐리를 단 일 검에 죽인 자. 그 자는 어느새 신형을 돌려세웠다. 그리고 또다시 들려오는 소리.

"공겨억! 공격하라아~"

북쪽 성문이 열렸고, 그 성문 쪽으로 거대한 함성이 들려오고 있었다. 그 순간 코린은 눈에서 눈물이 흘러내리고 전신에 힘이 하나도 없이 빠져나가는 것 같았다. 마침내… 성공한 것이다. 자신들이 염원했던 일이 일어나고 있는 것이었다.

잠시 눈을 감았다. 그러다 다시 번쩍 떴다. 그러고는 검을 의지해 자리에서 일어섰다.

"놓칠 수 없지."

놓칠 수 없었다. 지금 이 순간을 얼마나 고대했던가? 그런데 놓친다니 말이 되느냔 말이다.

*　　*　　*

"성문이 열려?"

"그렇… 습니다."

"어떻게? 알고 있었지 않나?"

"그것이… 조력자가 있었던 듯 합니다."

에두아르도 남작의 말에 드미트리예비치 백작의 눈살이 살풋 찌푸려졌다.

"멍청한!"

"죄송합니다."

"병력을 투입시켜! 어떻게 해서든 막아!"

"명!"

콰앙!

에두아르도 남작이 집무실을 벗어나자 거칠게 책상을 내

려치는 드미트리예비치 백작.

"고작 그 정도도 예측하지 못했다는 것인가?"

입맛이 썼다. 만약 보첵 남작이었다면 그럴 가능성은 없었을 것이다. 귀족들을 아우르기 위해 제거했고, 웰링턴 백작 가문의 생존자를 색출해 내기 위해 그를 이용하기는 했지만 그래도 지금 이 순간은 그가 아쉬웠다.

평민이나 웰링턴 백작 가문의 개가 아니었다면 진정으로 아까운 이였으니까 말이다. 그래도 걱정은 하지 않았다. 막아낼 것이라 생각했다. 그가 뒷짐을 진 채 창문 밖을 내다보았다.

그 순간.

콰당!

"가, 각하!"

누군가 다급하게 문을 열어젖혔다. 가뜩이나 짜증이 난 상태인데 예의 없이 문을 열어젖히는 자 때문에 더욱 짜증이 난 드미트리예비치 백작이었다.

"감히!"

"서, 성문이 열렸습니다!"

"북문이라면 이미 보고받았다."

분노를 억누르고 입을 여는 드미트리예비치 백작.

"그… 헉!"

순간 다급하게 보고를 하던 이의 눈이 커지며 입이 벌어졌다.

"무슨……."

그에 드미트리예비치 백작 역시 눈이 커졌다. 그 역시 본 것이다. 보고자의 가슴에 삐죽하게 튀어나온 날카롭고 예리한 검극을 말이다.

"누구냐!"

재빠르게 검을 집어든 드는 드미트리예비치 백작.

"나다!"

"뭐?"

"네 목숨을 살려서 보낸 자."

"무슨……."

스르르륵! 툭!

검극에 꿰뚫린 보고자가 옆으로 쓰러졌다. 그에 모습을 드러내는 자. 바로 거대한 체구의 카이론이었다.

뚜벅! 뚜벅!

그가 언월도를 어깨에 턱 걸치고 집무실 안으로 들어왔다.

"이익! 누구 없느냐?"

드미트리예비치 백작의 외침에 카이론은 마음에 들지 않는다는 듯한 표정을 지었다.

"나를 너무 간과하는군."

"무슨……."

"올 텐가?"

답을 하지 않는 카이론. 그가 어깨에 걸쳤던 언월도를 들어 드미트리예비치 백작의 가슴을 가리키며 입을 열었다.

그런 카이론의 모습에 어안이 벙벙해진 드미트리예비치 백작은 지금 상황이 이해되지 않았다.

어떻게 내성의 중심부에 적들이 들어올 수 있었을까? 비밀 통로라는 비밀 통로는 모두 메워 버렸다. 나중에 다시 뚫으면 되니까 말이다. 성문은 북문 하나만 뚫렸을 뿐이었다. 그러나 그것 역시 이미 알고 있던 것.

아무리 적이 대단하다고 하지만 결코 북문을 뚫어낼 수는 없을 것이다. 미리 방비하고 있었기 때문이었다.

"도대체 누구냐?"

"남 카테인 왕국의 국왕 전하시네."

"뭐?"

그때 누군가 집무실에 들어오며 입을 열었다.

그를 본 드미트리예비치 백작 다시 놀라고 말았다. 잊을 수 없는 얼굴. 절대 이 자리에 있을 수 없는 자가 눈앞에 있었기 때문이었다.

"아서……."

"오랜만이군, 아이반."

"네놈이 어떻게?"

"그것보다는 지금 상황을 더 신경 써야 할 것 같은데 말이지."

"지금 상황?"

그에 퍼뜩 정신을 차린 드미트리예비치 백작. 그제야 지금 상황을 알아차린 것 같은 표정이었다. 하지만 그는 여전히 검을 내려놓지 않았다. 집무실에 들어온 사람은 고작해야 두 명이었으니까 말이다.

그리고 자신과 호각을 다퉜던 웰링턴 백작은 마치 남의 집 불구경하듯 전혀 지금 상황에 끼어들 기미조차 보이지 않았다. 그에 드미트리예비치 백작은 카이론을 바라봤다.

'남 카테인 왕국의 국왕이라고? 말도 안 되는 소리. 국왕이라는 자가 여기 있을 리가 없다.'

그 역시 믿지 않았다. 물론, 남 카테인 왕국의 국왕이 종종 전장의 선두에 선다는 소문은 들었다. 하지만 그저 소문이라 치부했다. 가끔 병사들의 사기를 높이기 위해 그런 소문을 일부러 내기도 하니까 말이다.

"죽엇!"

그 순간 드미트리예비치 백작이 움직였다.

카이론이 잠시 뒤로 물러나는 웰링턴 백작을 바라보는 순간을 이용한 것이었다. 기사들이라면 말도 안 될 행동이겠으나, 지금 이 상황에서 이것저것 따질 계제가 아니었다.

일단 상대를 죽이고 볼 일이었다. 두 개의 검이 카이론을 향해 쇄도했다. 하나 카이론은 그런 드미트리예비치 백작을 보며 차가운 웃음을 떠올렸다.

"뭐 사람이란 다 똑같은 것이겠지."

카이론의 말에 드미트리예비치 백작의 얼굴이 꿈틀거렸다. 분명 상대의 방심을 이용한 공격에 대한 비난이었기 때문이었다.

"개소리!"

"그것은 두고 보면 알 일이고."

차라라랑!

두 자루의 검이 불똥을 튀며 튕겨 나갔다. 언제 들었던가? 카이론의 기이한 언월도가 검을 튕겨내고 있었다.

"흡!"

드미트리예비치 백작은 손아귀에 전해져 오는 찢어질 듯한 통증에 화들짝 놀라 급격하게 뒤로 물러섰다. 하지만 카이론은 두 번의 공격을 하지 않았다. 그저 회피하는 그를 바라볼 뿐이었다.

그에 드미트리예비치 백작은 얼굴이 화끈거리는 것을 느꼈다. 상대는 전혀 생각지도 않았는데 자신은 지레 겁을 먹고 물러난 모양이니까 말이다. 그리고 볼 수 있었다. 카이론의 얼굴에 비웃음이 걸린 것을 말이다.

"죽엇!"

그것은 참을 수 없는 모욕이었다. 이루 형언할 수 없는 감정에 드미트리예비치 백작은 미친 듯이 카이론을 향해 쇄도해 들어갔다.

하나!

퍼어억!

복부에 전해지는 화끈한 통증.

"꺼… 억!"

투둑!

허리가 접히며 절대 놓지 말아야 할 두 자루의 검이 힘없어 떨어져 내리고 있었다.

툭!

카이론은 그런 드미트리예비치 백작을 툭 밀어내곤 드미트리예비치 백작이 앉아 있던 집무 책상의 의자에 앉았다.

"실망이군. 소문이 와전된 것 같아서 말이야."

부들.

카이론의 나직한 말에 살짝 떨리는 드미트리예비치 백작의 신형. 그런 드미트리예비치 백작을 바라보는 카이론의 입가에는 여전히 비웃음이 걸려 있었다.

"사람들이 그러더군. 아이반 드미트리예비치 백작이야말로 감춰진 카테인 왕국의 검이라고 말이다. 그런데… 허망하기 짝이 없군. 겨우 이 정도를 가지고 감춰진 카테인 왕국의 검이라니. 차라리 저 허약해 보이는 웰링턴 백작이 그 명칭을 받아야 할 것 같군. 그 정도가 카테인 왕국의 검이라고 불릴 정도면."

"이이~ 네놈이 감히……."

"게다가 싸가지도 없어. 아무리 남북으로 갈라졌다고는 하지만 그래도 일국의 국왕에게 네놈이라니."

그러면서 쓸쓸하게 서 있는 웰링턴 백작을 바라보는 카이론이었다.

"실망이야. 고작 저 정도의 인물에게 당했다는 것이 말이야."

"세월이 흘렀잖습니까?"

"세월이 흘렀으면 더 완숙해 져야지. 저건 오히려 더 퇴보한 것 같군."

"필생의 적이 사라져 홀로 서 있으니 변하는 것이 인지상정 아니겠습니까?"

"그것도 10년이나 되었어. 그런데도 여전히 엘레크의 지주에서 바뀐 것이 없지. 그리고 저 모습은 아직까지도 현재의 상황에 대해서 제대로 파악조차 못 한 것이지 않는가?"

카이론의 말에 바득바득 이를 갈고 있던 드미트리예비치 백작은 무언가를 깨달았는지 주먹을 꽉 움켜쥐며 씹듯이 말을 내뱉었다.

"북문에 대한 정보는 거짓이었나?"

갈라진 목소리. 참담하게 일그러진 얼굴.

"거짓은 아니지. 실제 북문으로 들어왔으니까."

"어찌 그럴 수가 있지? 북문을 제외한다고 하더라도 세 개의 성문을 모두 철통같이 지키고 있었는데?"

"정말 그럴까?"

"무슨……?"

카이론의 답에 순간 불안한 표정이 되는 드미트리예비치 백작.

"네놈은 친구의 가문을 멸문시켰지. 그래도 불안해서 그 씨를 말리기 위해 자신을 속이고 친구의 가문의 살아남은 자들을 이용해 그들을 자중지란에 빠지게 하고, 이간질했으며, 이용했지. 그런데 말이야……."

그런 드미트리예비치 백작을 바라보며 조용하게 입을 여는 웰링턴 백작. 격하게 떨리는 드미트리예비치 백작의 눈동자. 그런 그의 눈동자를 깊숙하게 응시하며 담담하게 말을 하고 있었다.

"네놈 역시 생각지 못한 거야. 네놈이 아무리 현명하고 간교하게 세 치 혀를 놀린다고 해도 결국 너의 잘못을 알아챈 사람이 있다는 것을 말이야. 세상에는 현상을 꿰뚫어 보는 천재가 비일비재하거든."

"설마……."

그때였다.

"그 설마가 맞습니다."

익히 들었던 목소리.

"네놈이 감히……."

바로 에드손 보첵 남작이었다. 그는 자신을 보고 분노하는 드미트리예비치 백작을 바라보며 싸늘하게 입을 열었다.

"진정한 귀족이라 생각했습니다. 친구의 가문을 위해 10년 동안 그 배후를 찾아내기 위해 주력하는 모습을 보고 말입니다."

"크큭. 멍청한 놈."

보첵 남작의 말에 드미트리예비치 백작은 비웃음을 날렸다.

"그랬지요. 정말 멍청했지요. 세상이 내 손바닥 안에 있다고 생각하다니. 한마디로 우물 안의 개구리였던 것이지요. 그러한 면에서 저는 백작 각하에게 감사하고 있습니다. 우물을 벗어나게 해주셔서 말입니다."

"감히……."

명백하게 자신을 놀리는 말이었다. 그에 드미트리예비치 백작이 떨어진 검을 들고 눈부시게 빠른 속도로 보첵 남작을 향해 쇄도해 갔다.

채에엥!

"큭!"

또다시 밀리는 드미트리예비치 백작이 자신의 앞을 가로

막은 이를 바라봤다. 그는 다름 아닌 웰링턴 백작이었다. 그에 믿을 수 없다는 표정을 짓는 드미트리예비치 백작이었다.

"너는 분명……."

"분명 검을 단 한 번도 잡아보지 않았지."

"한데, 어떻게?"

"알카트라즈는 유약하고 나약한 귀족을 전사로 만들어내기 충분하더군. 그곳에서 10년을 살았더니 여기 머리는 조금 굳은 반면 손에는 굳은살이 박히더군. 어때? 보기 좋지 않은가? 나는 이 모습이 상당히 좋다네."

"말도 안 되는 소리!"

"왜?"

"기사의 검이 그리 쉽게 얻어지는 것이었으면 이 세상에 기사 아닌 자가 없을 것이다."

드미트리예비치 백작의 말에 웰링턴 백작이 설핏 웃음을 떠올렸다.

"그래. 맞는 말이지."

"한데……."

"친구에게 배신당해 가문은 멸문당하고 부모의 죽음을 눈앞에서 목도한 자의 복수심은 10년이라는 세월 동안 그 지독한 인세의 지옥에서 버텨내게 했고, 기사가 될 수 있었다. 지금 이렇게 말이지."

"가당찮은 소리!"

그러면서 다시 웰링턴 백작을 향해 쇄도하는 드미트리예비치 백작. 어떻게 보면 기습이라 할 수 있었다. 만약 웰링턴 백작이 정상적인 기사로서 수행을 했다면 충분히 분노를 터뜨렸을 만한 상황이라 할 수 있었을 것이다.

하나 불행하게도 웰링턴 백작은 지극히 실전적이고도 험악한 검을 익혔다. 살기 위해서, 눈에 흙을 뿌리는 것쯤은 아무렇지도 않게 해내는 알카트라즈에서 말이다. 제대로 된 검도 아닌 두 자루의 곡괭이를 들고 말이다.

"어설픈 짓!"

가볍게 피해내는 웰링턴 백작. 그의 검은 어느새 드미트리예비치 백작의 등을 가격하고 있었다.

퍽!

"큭!"

드미트리예미치 백작이 앞으로 고꾸라졌다. 하지만 웰링턴 백작은 그것을 허용치 않았다. 목덜미를 잡고 살짝 잡아당겨 일으켜 세운 후 검으로 살갗을 베었다. 한 번만 베지 않았다. 벨 수 있는 한 많이 베었다.

그 짧은 거리에서 검을 그렇게 빠르게 휘두를 수 있다는 것이 희한할 정도로 빠르게 휘둘렀다.

드미트리예비치 백작은 웰링턴 백작의 손아귀에서 벗어나

지 못하고 이리저리 몸을 움찔거릴 뿐이었다.

하지만 피할 길은 없었다. 그만큼 웰링턴 백작의 검은 빨랐다. 수십 년 동안 고련에 고련을 거친 드미트리예비치 백작의 눈조차 쫓아갈 수 없을 정도로 말이다.

"겨우 이정도냐? 겨우 이런 꼴을 보이려고, 친구를 버리고 친구의 가문을 멸문시켰더냐? 발악해라. 발악을 해보란 말이다! 나의 부모를 죽일 때 보였던 비열한 웃음을 지어보란 말이다! 나를 죽이려 수십 수백의 기사를 풀고 병사를 풀었던 그 독심을 보이란 말이다!!"

"우와아악!"

웰링턴 백작의 말에 거친 함성을 토해내며 반격을 하려는 드미트리예비치 백작. 그는 양손에 들고 있던 검이 무거웠던지 그 두 검을 집어 던지고 그를 향해 미친 황소처럼 돌진해 들어갔다. 이미 상대가 안 됨을 깨달은 것이었다.

퍽!

"죽인다!"

어깨를 복부로 들이받은 드미트리예비치 백작에게 이미 기사도라든가 귀족의 품위라든가 하는 것은 사라진 지 오래였다. 자신의 복부를 들이받은 드미트리예비치 백작을 보며 웰링턴 백작은 차가운 살소를 지어보였다.

"그래, 이래야지. 이래야 너답지."

그 역시 검을 버렸다. 두 손을 들어 올리고 손을 깍지 낀 채 그대로 드미트리예비치 백작의 등을 가격했다.

퍽!

"큭!"

퍼억!

"큭!"

그러면서도 드미트리예비치 백작은 그의 허리를 놓지 않았다. 단단히 부여잡고 튼실한 두 다리로 밀어붙였다. 하나 웰링턴 백작은 꿈쩍도 하지 않았다. 마나를 동원해도 마찬가지였다. 웰링턴 백작은 가소롭다는 듯이 웃었다.

"그래. 이런 기분이었구나. 위에서 아래로 내려다보는 기분이 말이야. 친구를, 친구의 가족을 죽이던 기분이 이랬더냐?"

"그래! 그랬다! 그래서 죽였다. 모두 죽였다. 단 한 놈도 살려두지 않을 것이다. 나는 다시 태어나도 똑같이 할 것이다! 그러니 죽어라. 죽었으면 다 끝나는 것 아니었더냐?"

드미트리예비치 백작의 미친듯한 외침에 웰링턴 백작의 얼굴에 살소가 사라졌다. 이내 냉랭한 표정이 떠올랐다.

"구제불능이구나. 한 가닥 희망이 있었다. 무슨 이유가 있겠거니 하고 말이다. 그것을 지난 10여 년 동안 상상했다."

그러면서 드미트리예비치 백작의 복부를 무릎으로 연달아 가격하는 웰링턴 백작이었다. 드미트리예비치 백작은 그 가격을 견뎌내지 못하고 피를 토하며 허공으로 떠올라 집무실을 장식하고 있는 거대한 책장에 그대로 날아가 부딪혔다.

콰카가강!

"큭!"

그의 입에서 나온 것은 단말마의 비명뿐이었다. 그는 허우적거리며 일어서려 했다. 하지만 받은 상처가 워낙 컸던지 제대로 자세를 잡지 못했다. 그런 그를 향해 걸음을 옮기는 웰링턴 백작.

"이제 끝내자!"

그의 말에 번쩍 고개를 들어 올리는 드미트리예비치 백작.

"아, 안 돼에~ 안 돼!"

그는 외쳤다. 하나 그의 외침을 귀담아 들을 웰링턴 백작이 아니었다. 어느새 집어들었는지 그의 손에는 검이 들려 있었고, 그 검으로 가차 없이 드미트리예비치 백작의 정수리를 쪼개 버렸다.

퍼퍽!

내려치고 또 내려쳤다. 실로 잔인하기 그지없는 그의 행동. 그의 전신에는 드미트리예비치 백작의 핏물이 가득했다. 이미 드미트리예비치 백작은 죽었으나 웰링턴 백작은 내려치기를 멈추지 않았다.

"거기까지!"

그때 그의 정신을 일깨우는 한마디.

창문으로 내성을 점령하고 있는 남 카테인 왕국의 병력을 바라보고 있던 카이론이 그를 제지하고 나섰다. 다시 검을 내려치려던 웰링턴 백작의 손이 딱 멈췄다.

덜덜덜.

그의 손은 힘없이 떨리고 있었다.

땡그랑.

그리고 이내 검을 떨구고 그 역시도 무릎을 꿇고 말았다.

"복수는 살아 있는 자에게나 하는 것이지 죽은 자에게 하는 것은 아니다. 그 복수가 모자라다면 그의 혈족도 있다."

"후우욱!"

카이론의 말에 웰링턴 백작이 길게 한숨을 내뱉었다. 그는 피 묻은 손으로 헝클어진 머리카락을 쓸어 올렸다.

"복수는… 당대에서 끝내야 함을 압니다."

"그러면 되었군. 대신 노튼 성과 포로로 잡힌 모든 이들에 대한 생사여탈권을 주지."

"……"

그는 자리를 털고 일어나며 물끄러미 카이론을 바라봤다. 그가 보는 카이론이라는 카테인 왕국의 국왕은 참으로 이상한 사람이었다. 전혀 귀족 같지도, 기사 같지도, 더더욱이 국왕 같지 않았다.

"나는 국왕이기 전에, 귀족이기 전에, 기사이기 전에 사람이니까."

그의 결정적인 말에 웰링턴 백작이 피식 웃음을 터뜨렸다. 참으로 재미있지 않은가? 평생 동안 그 어디에서 이런 국왕을 섬길 수 있겠는가? 그는 무릎을 꿇고 오체복지의 자세를 취했다.

"아서 웰레스 웰링턴. 죽는 날까지 국왕 전하의 종복이 될 것이옵니다. 무엇을 가리리까. 사용하시다 쓸모없어져 버리신다 하여도 신명을 바칠 것을 맹세하옵나이다."

"일어나라!"

카이론은 손으로 그를 가리켰고, 그의 신형은 무언가에 의해 강제로 허리가 펴지고 무릎이 펴졌다. 그가 완벽하게 일어섰을 때 카이론은 신형을 돌려세웠다. 그리고 나직하게 입을 열었다.

"남사스럽게……."

그는 팔짱을 끼고 다시 창밖을 내다볼 뿐이었다.

『워리어』 11권에 계속…

무경 新무협 판타지 소설

FANTASTIC ORIENTAL HEROES

암제귀환록

마흔에 이르기도 전에 얻은 위명.
암제(暗帝).

무림맹의 충실한 칼날이었던 사내.
그가 무림맹 최후의 날에
모든 것을 후회하며 무릎을 꿇었다.

"만약 그때로 돌아갈 수 있다면……."

사내의 눈이 형용할 수 없는 빛을 토했다.

"혈교는 밤을 두려워하게 될 것이다!"

Book Publishing CHUNGEORAM

유행이 아닌 자유추구~
WWW.chungeoram.com

북검전기

우각 新무협 판타지 소설

2014년의 대미를 장식할,
작가 우각의 신작!

『십전제』, 『환영무인』, 『파멸왕』…
그리고,

『북검전기』

무협, 그 극한의 재미를 돌파했다.

북천문의 마지막 후예, 진무원.
무너진 하늘 아래 홀로 서고, 거친 바람 아래 몸을 숙였다.

살기 위해! 철저히 자신을 숨기고
약하기에! 잃을 수밖에 없었다.

심장이 두근거리는 강렬한 무(武)!
그 걷잡을 수 없는 마력이,
북검의 손 아래 펼쳐진다!

Book Publishing CHUNGEORAM

유행이 아닌 자유추구 -
WWW.chungeoram.com

네르가시아 장편 소설
FUSION FANTASTIC STORY

THE MODERN
MAGICAL SCHOLAR

현대
마도학자

나르서스 제국의 전쟁영웅이자
마나코어를 개발한 천재 마도학자 카미엘!

그러나 제국의 부흥을 위한 재물이 되어
숙청당하는데……

『현대 마도학자』

죽음 끝에 주어진 또 다른 삶.
그러나 그에게 남겨진 것은 작은 고물상이 전부였다.

더 이상의 밑은 없다!
마도학자의 현대 성공기가 시작된다!

Book Publishing CHUNGEORAM

유행이 아닌 자유추구 -
WWW.chungeoram.com